TV스타
하늘나라
스타

Tv스타 하늘나라 스타

김종철 지음

베드로서원

나의 직업은 방송국에서 오락프로그램의 대본을 쓰는 방송작가이다. 토크쇼를 기획하고, 출연자를 섭외하고, 또 출연에 앞서 개인적인 질문에서부터 시청자들이 관심을 가질만한 질문까지도 테이블 하나를 사이에 두고 대화하는 일이 많았다.

그리고 수많은 오락프로그램을 기획하고 아이디어를 짜내서 프로그램을 만들며 또 수많은 인기 연예인들을 만나서 그들과 함께 회의를 하고 스튜디오 안에서 뒤엉켜서 녹화를 하느라 내 인생의 대부분을 보냈다.

인기 스타들을 지척에서 보고 그들과 함께 지내다 보니 뜻하지 않은 이야기를 듣게 되는 경우도 많았다. 그들은 나름대로의 직업적 애환과 사랑, 그리고 불우했던 지난날을 극복하고 오늘날의 모습으로 우뚝 서기까지의 눈물겨운 사연들이 있었다. 그것은 이제까지 내가 가졌던 연예인들에 대한 잘못된 인식을 바로 잡기에 충분했다. 특히 내가 놀란 것은 연예인들 중에 크리스천이 많다는 것이다.

어떤 프로그램에선 출연자 중에 절반 이상이 크리스천이었고 심지어는 작가와 연출자, 그리고 스태프들까지도 모두가 크리스천이었던 적도 있었다.

그들은 겉으로 "나도 크리스천입니다." 하고 말하지는 않지만 대화를 나누다 보면 신앙인의 향기가 풍겨져 나온다. 내가 슬쩍 "교회를 다니시는가 보죠?" 하고 물으면 그제서야 반갑다는 듯이 "아니, 그럼 작가께서도?" 하고 맞장구치는 적도 있었다. 그로 인해 우리는 예수님이라는 공통의 소재를 갖고 더 깊은 이야기를 나눌 수 있었다.

나는 그들에게서 참으로 많은 신앙간증을 듣게 되었다. 먼발치도 아닌 침이 튀기는 코앞의 자리에 앉아 들었던 그들의 간증은 은혜와 감동 그 자체였고 나에겐 축복이었다. 우리는 두 손을 잡고 스튜디오의 한쪽 귀퉁이에서 하나님께 기도를 했다.

"어서 빨리 이 방송국을 통해 이 땅에 그리스도의 계절이 오게 하옵소서… 그 중요한 사명을 우리가 함께 감당하게 하옵소서…."

이 책은 내가 방송국에서 만난 크리스천 연예인 중에 많이 알려져 있는 사람과 그렇지 않은 사람들을 중심으로 해서 적었다. 아무쪼록 이 책을 읽고 많은 은혜를 입기 바라며 혹시 텔레비전으로나 영화로 크리스천 연예인들을 만나게 되면 그들을 위해서 기도해 주기 바란다.

어서 빨리 저들의 연기와 재능으로 주의 복음을 전하는 날이 올 수 있기를….

김종철

차 례

김혜자 집사와 직무유기/하나님과 나만의 비밀 작전/에이, 바보 같은 사람
방송국의 돼지머리/하나님 억울해요. 나보고 싸탄이래요
신이 널 선택했어? 내가 언제 그랬는데…/하나님 저 좀 깨워주세요
요나와 같은 인간

탤런트 **김주승**

★ 절망의 끝에서 만난 하나님

"사랑하는 나의 아들아, 무엇을 두려워하느냐.
네가 조금 전 이곳에 오기 전에 교회에서 예배를 드릴 때
내가 네 옆에 있었던 것을 왜 모르느냐?
네가 어딜 가던지 내가 항상 너의 곁에 있다는 걸 명심하라.
두려워 말라. 놀라지 말라. 나는 네 여호와니라."

절망의 끝에서
만난 하나님

"하나님은 당신을 사랑하십니다. 절망과 좌절 속에 빠졌다면 하나님을 만나십시오. 그럼 당신은 영생의 기쁨과 구원을 얻을 것입니다."

요즘 탤런트 김주승 씨가 방송국이나 연극 공연장에서 만나는 많은 동료 연예인들에게 하는 말이다. 예전의 김주승 씨를 잘 알고 있는 사람이라면 지금 이런 말을 하는 김주승 씨의 모습을 보고 놀라지 않을 수 없다. 예전의 그의 얼굴에서는 한치의 여유와 웃음이라곤 찾아 볼 수 없는 차가운 사람이었다. 그래서 주변 사람들로 하여금 친근하게 다가가게 하기엔 너무나 거리가 먼 사람이었었는데… 지금은 그런 모습은 전혀 찾아 볼 수 없고 따뜻한 미소와 다정다감한 모습으로 성경책을 펼쳐놓고 묵상하는 모습을 너무나 자연스럽게 보여 주고 있는 탤런트 김주승 씨.

이렇게 김주승 씨를 180도 변하게 한 사건은 과연 무엇일까? 무엇이 사람을 이토록 변하게 한 것일까? 그것을 얘기하자면 몇 해 전으로 거슬러 올라가야 한다.

김주승 씨는 많은 사람들이 알고 있는 것처럼 한때 연기자이면서 사업을 시작했다가 40억이란 엄청난 금액의 부도를 내고 사기혐의로 수배를 받은 채 미국으로 도피해야만 했었던 일이 있었다.

제아무리 자신감과 교만으로 똘똘 뭉친 사람이라 할지라도 지명수배의 눈초리를 피해 도피하는 생활이란 비참하기 이를 데 없었다. 밤중에 몸 하나만 겨우 빠져나온 그는 주머니 속에 돈 한 푼 없이 미국으로 건너가 아는 사람의 집에서 겨우 밥만 얻어먹으며 숨어 지내는 신세가 되어 버렸다.

연기자로서의 자존심은 여지없이 무너져 버렸고, 하루에도 몇 번씩 혀를 깨물고 죽고 싶은 생각이 머리에서 떠나지 않았다. 배가 고파도 돈이 없어서 빵 하나 사먹지 못하고, 아무리 추워도 연료비가 없어서 반지하의 어두컴컴한 방안에서 두꺼운 담요를 둘둘 말고 지내야만 했다. 그래도 그런 육체적인 고통을 참을 수 있었던 것은 서울에서 자신이 벌려 놓은 문제들을 뒤치다꺼리를 하고 있을 아내를 생각하면 그래도 그 정도는 참아야 한다고 생각했기 때문이다.

하지만 자신을 더욱 괴롭게 한 것은 미국으로 도피하여 호의호식을 하고 있다는 헛소문이 서울에서 돌고 있었던 것이다.

그런 소식을 들을 때마다 그의 방안에는 빈 술병만이 어지럽게 널리고, 땅에 버려진 담배꽁초를 주워 입에 물고 길게 연기를 내뿜을 뿐이었다.

과거에 잘 나가던 연예인으로서의 자존심은 이미 오래 전에 무너져 버렸고, 이젠 한 사람의 인간으로서 가져야 할 자존심마저도 서서히 끝없는 바닥을 향해 내려가고 있었을 때, 하나님은 김수중 씨를 하나님의 자녀로 삼기 위한 계획을 가지셨던 것 같다.

미국에 머무르기 위한 비자 때문에 그는 그곳에서 학교를 다녀야만 했다. 물론 공부가 목적은 아니었다. 그때 그를 학교까지 데려다 주는 발 노릇을 해주었던 사람이 바로 김동헌 목사이다. 그는 김주승 씨를 차에 태워 학교에 데려다 주면서 단 한 번도 그의 처지에 대해서 물어 보지 않았다. 그리고 예수를 믿으라는 말은 더더욱 하지 않았다. 그런 김 목사가 김주승 씨는 오히려 더욱 고마웠다. 지금 예수를 믿고 교회를 다니라는 말이 귀에 들어오지 않을 터였기 때문이다.

그러던 어느 날, 김 목사는 자동차의 카세트에다 복음성가 테이프를 끼워 넣었다.

"세상에서 방황할 때 나 주님을 몰랐네. 내 맘대로 고집하며 온갖 죄를 저질렀네…"

그 찬양소리가 그의 귀에 들려왔다.

"목사님, 이게 찬양이라는 겁니까?"

찬양은 계속 흘러 나왔다.

"내 주여 이 죄인도 용서받을 수 있나요. 벌레만도 못한 내가 용서받을 수 있나요."

찬양이 다 끝나갈 즈음 그의 눈에는 이슬이 맺히고 있었다. 웬일일까? 이제까지 낯선 미국 땅에서 사람의 눈을 피해 인간 이하의 삶을 살아오면서 가슴속에 쌓이고 쌓였던 서러움과 서글픔이 한꺼번에 복받쳐 오르면서 꾹 참고 있었던 눈물이 한꺼번에 터져 버렸다.

바로 그 순간, 김 목사는 때를 놓치지 않고 김주승 씨의 손을 잡았다.

"김주승 씨, 하나님은 당신의 고통을 알고 계십니다. 인간의 모든 일을 하나님께 맡기십시오. 그러면 하나님이 모든 걸 해결해 주실 겁니다."

그 이후로 그는 하나님을 만나기 위해 교회로 갔다. 그는 일단 무릎부터 꿇었다. 아직은 하나님이 어떤 분인지는 모르지만 현재 자신의 처지보다 더 낮은 존재는 없을 거라는 생각이 들었고, 또 더 이상 자존심 같은 걸 내세울 힘도 없었기 때문이었다.

차안에서 들었던 찬양의 가사가 머리 속에서 떠나지 않고 있었다.

"내 주여 이 죄인도 용서받을 수 있나요. 벌레만도 못한 내가 용서받을 수 있나요."

어느새 그는 그 찬양의 가사를 입으로 따라 부르고 있었고, 그 찬양의 가사는 그의 기도소리로 바뀌고 있었던 것이다.

사업이 부도나고 미국으로 도망 올 때도 흘리지 않았던 눈물이, 그리고 낯선 미국 땅에서 온기 없는 찬 바닥을 굴러다니며 밤을 지새울 때도 나오지 않던 눈물이 그제서야 볼을 타고 흘렀다.

"아 하나님, 당신이 계셨군요. 그런데 왜 이제야 저를 찾아 오셨습니까?"

그렇게 하나님과 첫 대면을 한 뒤 그의 맘은 조금 홀가분해 졌다.

그동안 인생을 살아오면서 오직 자신의 얼굴과 머리만을 믿고 살아왔던 자신이 이제는 하나님을 믿어야 한다는 것 역시 자존심이 상하는 일이지만, 이젠 하나님밖에 의지할 수 없다는 것을 서서히 깨달아 가고 있었던 것이다.

이런 생각을 갖은 후 그는 갑자기 기도를 해야겠다는 생각이 들었다. 워낙 다급했기 때문일까? 차를 타고 가면서도 하나님께 기도, 집에 와서도 기도, 거리를 걸으면서도 기도를 하기 시작했다.

그 뒤 정말 알 수 없는 변화가 생기기 시작했다. 일단 턱수염부터 열심히 깎기 시작했다. 그리고 미국에 와서 한 번도 본적이 없는 거울을 들여다보기 시작했고, 얼굴은 서서히 절망의 어두운 그림자보다 밝은 미소가 입가를 떠나지 않게 되었다. 그리고 한 번도 인사를 나눠 보지 않았던 사람을 길에서 만나면 먼저 인사를 할 정도의 마음의 여유가 생긴 것이다.

방안의 술병도 모두 치워 버리고 담배와 재떨이도 모두 내다 버렸다. 이제 그 자리엔 성경책과 찬송가가 놓여 있었다.

"일단 모든 고민과 걱정을 하나님께 맡겨 버리고 나니까 더 이상의 고민이 안 되더군요. 하나님은 신이시니까 저의 모든 처지와 상황을 잘 아시지 않겠어요? 걱정한다고 안될 일이 될 것도 아니고 말입니다."

그렇다. 이 세상엔 우리가 고민할 일은 단 하나도 없다. 다만 하나님께 의지하고 맡기며 내가 지금 할 수 있는 일을 열심히 하면 그만인 것이다.

그 나이가 되도록 단 한 번도 본적이 없었던 성경책, 왜 그토록 수많은 드라마를 찍으면서도 성경책을 들여다보는 역할도 주어지지 않았었는지… 어쨌든 그는 자신이 너무나 하나님을 모르고 살아왔다는 생각에 허탈한 웃음만 나왔다.

'왜 그동안 나에게는 한 번도 성경책을 읽어보라고 얘기 해준 사람이 없었을까? 왜 그동안 나에게는 한 번도 교회에 나오라고 얘기하는 사람이 없었을까?'

그렇게 서서히 그의 몸과 영혼, 생활 모두가 서서히 바뀌어가고 있던 어느 날, 좀더 자세히 얘기하자면 미국으로 도피한지 3년째 되는 어느 날, 그는 갑자기 한국으로 돌아가야겠다는 생각이 들었다.

미국에 도피해 있으면 몸이야 자유롭겠지만 한국에서 수배되어 있는 자신의 법적인 문제와 부도사건의 해결은 절대로 풀어지지 않기 때문이다.

일단 한국으로 돌아가 김포공항에서 현장체포가 되던가, 아니면 채권자들의 몰매를 맞던지 해결방법을 찾는 것이 하나님의 뜻일 거라는 생각이 든 것이다.

'무작정 숨어 지내는 것만이 능사가 아니다. 내가 저지른 일을 회피하지 말자.'

이렇게 맘먹은 그는 한국에 있는 아내와 변호사에게 전화를 걸어 한국으로 돌아가겠다고 얘기를 했다. 그리고 무작정 가방을 싸들고 공항으로 향했다. 공항으로 가는 동안 지난 3년간 미국에서 숨어 지내야만 했던 슬픔과 고통의 세월, 그리고 가장 든든한 해결사이자 후원자이신 하나님을 만난 감격의 땅이라는 생각으로 머리를 복잡하게 했다.

"잘 있어라 아메리카여!"

그렇게 착잡한 심정으로 차를 타고 달리고 있을 때 갑자기 차창 밖으로 그의 눈에 보이는 것이 있었다. 파란 하늘에 우뚝 솟은 십자가와 종탑, 파란 들판에 그림처럼 세워져 있는 하얀 교회였다. 아마도 예배시간을 앞두고 있는지 성경책을 든 교인들이 삼삼오오 들어가고 있었다.

"기사 아저씨, 차 좀 세워 주세요. 교회 좀 잠깐 들릴게요"

시계를 들여다보았다. 아직은 두 시간 정도 더 여유가 있었다. 하나님을 만난 감격의 땅에서 마지막으로 예배를 드려야겠다는 생각이 든 것이다.

하지만 아마도 한국으로 돌아가면 자신에게 닥쳐 올 커다란 시련에 대한 두려움에 더 교회를 가고 싶었는지도 모른다. 공항에 도착하자마자 입국 심사할 때 구속이 될 수도 있는 상황이 그를 더욱 초조하게 만들었다.

교회 안에는 적지 않은 미국인들이 예배를 드리고 있었다. 교회 문을 열고 들어선 그는 뒤쪽의 자리에 앉을까 생각하다가 그냥 맨 앞자리로 허리를 숙여 찾아갔다. 맨 앞자리의 긴 의자엔 아무도 앉지 않았었다.

미국인 목사님의 얼굴이 아주 또렷하게 보였다. 그런데 그는 그 교회에서 아주 깜짝 놀랄 일을 겪게 된다. 일생일대 평생 잊을 수 없는 감동의 순간을….

그는 맨 앞자리에 앉아서 설교를 듣고 있었다. 그런데 누군가가 역시 자신처럼 맨 앞자리로 오더니 슬그머니 자기 옆에 앉는 것이 아닌가? 그는 그냥 누군가가 자기처럼 예배시간에 늦어 이제야 들어오는가 보다 생각을 하고 자세히 쳐다보지 않았다.

설교를 듣던 도중에 성경을 읽어야 할 부분이 있어 그는 아무 생각 없이 옆자리에 놓여있는 성경책을 집기 위해 몸을 돌렸다. 그런데 이게 어떻게 된 일인가? 누군가 분명히 있어야 할 옆자리엔 아무도 없는 것이었다. 그렇다고 해서 옆자리에 앉았던 사람이 예배 도중에 다시 나가는 것을 본 적도 없는데 말이다. 그래서 그는 자신이 착각하고 있다고 생각하고 다시 설교를 열심히 듣고 있는데, 조금 전에 아무도 없었던 옆자리에 누군가가 자신과 함께 나란히 앉아 있다는 느낌이 들었다. 아니 그냥 느낌이 아니라 분명히 누군가가 옆에 앉아 있었다.

'이번엔 진짜 누군가 앉았겠지' 생각을 하고 다시 또 고개를 돌려 옆을 보면 역시 또 빈자리뿐이었다. 정말 이상한 일이었다. 착각이라고 하기엔 너무나 이상하리만큼 분명히 인기척이 있었는데 말이다.

그렇게 예배들 드릴 때만 해도 그는 그저 그런가 보다 했다. 그리고 예배를 마치고 다시 공항을 향했다. 앞으로 비행기를 타려면 약 한 시간 정도의 여유가 남아 있었다.

'아, 이제 미국을 떠나 한국으로 가는구나.'

그는 다시 한 번 심호흡을 했다.

이제 한국행 비행기를 타면 그에게는 전혀 새로운 상황이 펼쳐질지도 모른다. 어쩌면 김포공항에서 바로 체포될 수도 있는 일이다. 그렇게 되면 미국에서의 도피생활보다 더 힘든 감옥생활이 시작될지도 모르는 일이다.

'그냥 당분간 더 미국에 있을까? 그래서 일이 어느 정도 해결되는 걸보고 한국으로 돌아가도 되는데….'

막상 비행기를 타기에 앞서 공항의 대합실에 앉아있으려니까 여러 가지 생각으로 머리가 복잡해지고 초조해지기 시작했다. 일단 비행기에 올라타면 더 이상의 선택의 여지는 없어지게 되는 것이다. 한국에 돌아가는 것이 맘에 내키지 않는다면 지금 결정해야 하는 일이다. 입이 바짝 마르기 시작했다. 심장 뛰는 소리도 크게 들렸다.

"아 하나님 어떡하면 좋습니까? 솔직히 두렵습니다. 앞날이 캄캄합니다. 어떡해야 합니까? 제게 지혜를 주시고 용기를 주십시오."

그는 공항의 대합실에 앉아 남들이 보던 말던 두 손을 모은 체 기도를 했다. 아마도 그때처럼 두 가지 갈림길에서 하나님께 간절히 기도해 본 적도 없었을 것이다.

이때 갑자기 귓가에 이런 소리가 들려왔다.

"사랑하는 나의 아들아, 무엇을 두려워하느냐. 네가 조금 전 이곳에 오기 전에 교회에서 예배를 드릴 때 내가 네 옆에 있었던 것을 왜 모르느냐? 네가 어딜 가던지 내가 항상 너의 곁에 있다는 걸 명심하라. 두려워 말라. 놀라지 말라. 나는 네 여호와니라."

김주승 씨는 하나님의 음성을 그렇게 공항에서 들었다. 그 음성을 들은 뒤 그는 두려움이 없어졌다. 말 그대로 확신이 들었다. 내가 구속이 되든지, 아니면 일이 잘되든지 모두가 하나님의 뜻이리라. 하나님의 뜻이라면 어디를 간들 두려울 것이며 무엇이 외로우랴….

그는 가방을 들고 일어나 비행기 탑승장으로 자리를 옮겼다. 그리고 드디어 3년 동안 그렇게도 기다리던 한국행 비행기에 몸을 실었다. 비행기 안에는 그의 얼굴을 알아보는 한국사람이 눈인사를 했다.

12시간 후, 드디어 김포공항에 도착을 했다. 입국심사대에 다가가 그는 여권을 내밀었다. 입국심사를 하는 사람은 아무소리 않고 여권을 받아들고 컴퓨터 단말기를 두들겼다. 가방을 들고 있는 손에 땀이 흘러 하마터면 가방을 놓칠 뻔했다. 목덜미 뒤로 식은땀마저 흘러내렸다. 컴퓨터 키보드를 두들기는 그 소리가 자신의 심장에 콱콱 와서 박히는 것만 같았다.

"김주승 씨군요."

그 남자는 김주승 씨를 빤히 쳐다봤다.

"네, 그렇습니다."

그의 온몸이 꽁꽁 얼어버린 것만 같았다. 하늘이 캄캄해졌다.세상에 태어나서 이렇게 가슴이 두근거려 본 적이 또 있었을까? 등뒤에선 식은땀이 주르르 흘러내리는 것만 같았다. 그는 입국심사를 위해 모니터를 들여다보며 키보드를 두들기는 사람을 슬며시 쳐다봤다.

"어이쿠 오랜만에 오셨습니다."

그 남자는 이 한 마디만 하고 여권에 입국도장을 콱 찍었다. 그 순간 그의 입에선 작은 한숨이 흘러나왔다.

"오, 주여!"

자기도 모르게 입에서 이런 소리가 나왔다. 그리고는 여권을 받아들고 입국심사대를 뒤로하고 걸어나왔다. 분명히 예정대로라면 그곳에서 '잠깐만 기다려주세요' 하고는 어디론가 전화를 걸고, 그러면 경찰이 와서 '김주승 씨군요. 함께 같이 가 주셔야겠습니다' 해야 되는데 전혀 그런 말이 없었다.

그는 일단 그곳을 빠져 나왔다. 입국심사대에서 공항 출구까지는 불과 몇 십 미터밖에 안되는 거리인데 왜 그렇게 그 길이 멀기만 하게 느껴졌는지 모르겠다.

공항엔 미리 연락을 받은 아내 김신아 씨와 변호사가 함께 나왔다. 얼마나 오랜만에 보는 얼굴이던가. 두 사람은 그곳에서 가볍게 포옹을 했고, 옆에 있던 변호사가 약간은 흥분이 된 듯 얘기를 했다.

"김주승 씨 이게 어떻게 된 일입니까? 김주승 씨가 미국을 출발해서 한국으로 오는 동안 모든 일이 다 해결되었습니다. 기적이라니까요. 3년 동안 전혀 해결될 기미가 보이지 않던 부도사건도 경찰에서 무혐의로 해결해 주었구요. 채권자들과도 차차 벌어서 갚는 걸로 다 합의를 봤습니다."

그 순간 미국의 공항에서 들었던 하나님의 음성이 생각이 났다.

"네가 어디서 무엇을 하고 있던지 내가 항상 함께 있다는 것을 명심하라."

하늘을 올려다보았다. 고국의 파란하늘은 역시 아름다웠다.

"오, 주님! 감사합니다. 저의 인생을 이렇게 책임져 주시는군요."

하나님께서 이미 약속을 하셨듯이 고국에서의 모든 일은 너무도 이상하리만큼 순조롭게 풀려 나갔다. 전혀 기대하지도 않았던 방송국에서 전화가 걸려와 드라마 '형제의 강'에 주인공으로 출연하기로 약속이 되었고, 또 그에 앞서 그동안 연기력을 다시 한 번 다질 수 있도록 연극 '아름다운 거리'에도 출연하게 되었으니 말이다. 하나님을 만나기 전의 인생과 하나님을 만난 이후의 인생이 이렇게도 다를 수 있단 말인가? 자신의 인생이 이렇게 순식간에 바뀐 것에 놀라워하고는 있지만 그보다도 더 놀란 사람은 아내 김신아였다.

"여보, 당신의 얼굴이 이렇게 달라질 수 있어요? 전 당신과 결혼한 이후로 이렇게 평화롭고 기쁨에 넘쳐 있는 표정은 정말 처음이에요. 지난 3년간 미국에서 고생한 사람이라고는 도저히 믿어지지 않을 정도로 당신의 얼굴에 감사와 기쁨이 넘쳐 있어요. 혹시 미국에서 딴살림을 차린 건 아니죠?"

물론 농담으로 한 말이지만 그는 그 말에 이렇게 대답을 했다.

"물론 딴 살림을 차렸지. 누구하고 했냐구? 바로 하나님을 만나서 새로운 살림을 차린 거지."

탤런트 김주승 씨는 정말 많이 변했다. 예전에는 한치의 여유도 없이 따스함이란 손톱만치도 없었던 사람이 이제는 겸손과 다정다감함이 얼굴에 묻어 있으니 말이다.

무엇보다도 그의 손에는 항상 성경책이 들려 있어서 녹화 때에도 틈틈이 말씀을 읽으며, 동료 연예인들에게 전도하고 있는 그의 모습이 너무나 아름다웠다.

하나님의 남자, 하나님의 사람으로 변한 그의 모습을 이제 텔레비전 화면에서 만나자. 그리고 그의 새로운 인생에 박수를 쳐주고, 그의 새로운 행보에 다함께 기도를 해주자.

"하나님, 지금도 갖가지 부도와 경제적인 어려움 속에서 고통과 어려움을 당하고 있는 다른 사람들이 있다면, 그리고 그들이 절망과 좌절 속에서 헤매고 있다면 우리가 다가가 복음을 전해 줄 수 있게 해주옵소서."

우리의 기도 목표를 이렇게 정하자.

지금도 우리의 따스한 전도의 손길을 기다리고 있는 사람들이 분명히 우리 곁에 많을 것이다.

탤런트 **손현주**

★ 성극 무대에서 만나요

"하나님, 저를 하나님의 도구로 삼아 주시옵소서.
하나님이 주신 달란트로 하나님을 증거하는 일꾼이 되게 하여 주옵소서."

성극 무대에서
만나요

"나를 믿으라. 나를 믿지 않고는 영생에 이를 수 없나니 예수도 석가도 다 나를 믿고 컸느니라. 오 남하사 따하니… 천국에 이르고 싶나니."

이게 대체 무슨 날벼락을 맞을 소린가? 바로 탤런트 손현주 씨가 목사님을 비롯해 온 교인들이 다 모여 있는 곳에서 두 손을 높이 들고 그 부리부리한 눈을 부라리며 주문 외우듯이 했던 말이다.

아니 세상에… 그렇다면 손현주 씨가 사이비 종교의 교주란 말인가?

사실은 손현주 씨가 고등학생 시절에 교회 수련회 가서 촌극을 할 때에 벌어진 일이다. 교회에서 성극을 하거나 촌극을 하면 어김없이 기발한 아이디어와 특이한 의상으로 교인들을 깜짝 놀라게 했던 손현주 씨는 이렇게 어려서부터 연기자로서의 끼가 많은 사람이었다. 그리고 그 끼의 발산이 바로 교회에서부터 시작되었던 것이다.

손현주 씨와 하나님의 관계는 그의 아버지로부터 얘기를 거슬러 올라가면 알 수 있다. 손현주 씨의 친할아버지는 그 옛날시절부터 장로님으로 교회에서 봉사를 하신 분이시다. 그리고 그의 아버지도 한때는 감리교 신학대학에서 4년씩이나 공부를 하면서 목회의 길을 가려고 하셨던 분이셨다. 물론 나중에 아버님의 진로가 의과 대학으로 바뀌고 군의관이 되기는 하셨지만….

그런 분위기 속에서 손현주 씨가 하나님을 알게되는 것은 너무나 자연스럽고 당연한 일이 아닐까? 어쨌든 모태에서부터 교회를 나가기 시작한 그는 오로지 어머님이 부르는 찬양과 성경 읽는 소리를 들으며 태어났고 성장했다.

작 가 : 어려서부터 부모님을 따라 교회 다니는 사람들의 경우를 보면 교회서 말썽을 많이 피우던데, 물론 다 그런 것은 아니지만….
손현주 : 미안하지만 난 절대로 그러지 않았다.
작 가 : 그냥 얌전히 다녔을 얼굴이 아닌데?
손현주 : 그렇지 않아도 내 인상이 장난 많이 쳤을 얼굴이라 그렇게 생각하는 사람들이 많은데 난 절대로 그러지 않았다. 봐라. 처음에 보기엔 우락부락하게 생긴 것 같지만 자꾸만 보면 다정다감하고 정이 많은 사람 같아 보이지 않는가? 난 교회서 정말 착하고 순한 양이었다.

그렇다. 손현주 씨는 이제까지 살아오면서 오로지 교회 안에서 성장하면서 놀아도 교회에서 노는 그런 삶을 살아왔지 단 한 번도 탈선을 하거나 방황을 하지 않고 성장을 했다. 누군가 넌 커서 뭐가 되고 싶으냐고 물으면 그는 주저하지 않고 "목사가 될 겁니다"라고 대답할 정도였고, 그의 부모님이나 교회식구들도 당연히 그는 커서 신학을 공부하고 목회자가 되리라고 생각을 할 정도였다. 말많고 탈 많은 사춘기 시절에도 말이다.

오히려 사춘기 시절을 교회에서 학생회 회장을 비롯한 중책(?)을 두루 맡으며 교회를 위해 봉사에 몸을 아끼지 않았다. 특히 가을이면 문학의 밤을 밤새워 준비하고, 성탄절이면 성극을 준비하느라 몇날 며칠을 집에도 들어가지 않고 준비했던 사람이다.

사실 따지고 보면 그가 오늘날 연기자로서 성공하기에는 분명히 어린 시절 교회에서 밤새워 성극을 준비하고, 연습을 했던 것이 커다란 밑거름이 되었을지도 모른다. 그런 그에게 고등학교 시절 드디어 인생의 진로를 결정하게 되는 중요한 사건을 만나게 된다. 그때도 역시 서대문교회에서 문학의 밤 행사를 준비할 때였다.

역시 문학의 밤엔 뭐니 뭐니해도 성극 공연이 하이라이트였다. 특히 그가 다니던 서대문교회에서는 성극을 너무 그럴듯하게 공연을 해서 인근 교회에서도 소문이 자자하게 나 있었던 차였다. 오죽하면 주변 교회의 학생들이 손현주가 대본을 직접 쓰고 연출을 하고 주연까지 하는 성극을 보기 위해 서대문교회로 한꺼번에 밀려들 정도였으니까 말이다.

그때도 역시 문학의 밤을 준비하기 위해 교회 친구들과 함께 이런 저런 얘기를 할 때였다. 누군가 손현주에게 이런 말을 했다.

"우리가 좀 더 제대로 성극을 하려면 말야 극장에 가서 프로들이 하는 진짜 성극을 좀 봐야 하지 않겠느냐?"

"지금 어디서 성극을 하는 곳이 있나?"

손현주가 되물었다.

"지금 말이야, 세종문화회관에서 슈퍼스타 지저스 크라이스트를 공연하고 있거든? 그걸 보러가자."

친구의 그 말 한 마디에 손현주 씨는 아무 말 하지 않고 세종문화회관으로 따라 나섰다. 난생처음 들어가 보는 세종문화회관 대강당. 벌써 많은 사람들이 발 딛을 틈도 없이 빽빽이 들어 차 있었다. 그 모습을 보고 손현주 씨는 속으로 이런 생각을 했다. '아니 성극을 공연하는데도 이렇게 많은 사람들이 구경을 온단 말인가?'

잠시 후 요란한 음악과 함께 무대의 막이 올랐다. 무대엔 이제까지 본 적도 없는 아름답고 화려한 세트가 설치되어 있었고, 완벽한 분장과 의상을 입은 연기자들이 나와 노래와 춤을 추며 연기를 하기 시작했다. 그 커다란 극장을 압도하는 사운드와 무대를 꽉 채우는 완벽한 연기들….

"세상이 어두워지고 비바람이 불어와도 주님을 사랑하는 이 맘은 누구도 말리지 못해, 예수님 사랑합니다. 그런데 지금 당신은 십자가에 달려 고통스러워하고 있습니다. 오, 주여…."

가수 윤복희 씨의 애절하면서도 간절한 노랫말이 이어질 때 그는 온몸에 전율과 깊은 감동을 느끼고 있었다. 그동안 자신이 쓰고 연출한 성극이 최고인줄만 알고 있었던 그는 그제서야 정신이 번쩍 들었다.

'아 저것이 정말 성극이구나!'

어느새 그의 손은 아주 무겁게 쥐고 있었다. 손에 땀도 났다. 약한 시간 반 동안 뮤지컬이 진행되는 동안의 경이롭고 신기하며 놀라운 경험을 아직도 손현주 씨는 잊지 못한다고 한다.

예수님이 무덤에서 부활하고 하늘로 승천하는 장면이 마지막으로 이어지고 무대의 막이 맨 처음처럼 다시 내려왔는데도 그는 자리에서 일어나지를 못했다.

"뭐해? 다 끝났어. 집에 가야지?"

친구는 손현주 씨를 일으켜 세웠지만 그는 아직도 정신이 나간 사람처럼 일어나지를 못했다.

"그래, 난 인생의 진로를 지금 결정했어. 난 앞으로 선교사가 될 거야!"

"선교사? 무슨 선교사? 아프리카로 갈려고?"

"그게 아니라. 성극을 공연하는 선교사 말이야. 난 앞으로 지금 이 슈퍼스타 지저스 크라이스트보다 더 아름답고 훌륭한 무대를 만들 거야. 그리고 교회를 다니는 사람과 다니지 않는 사람들에게 세상에서 가장 아름다운 공연 무대를 만들어 보여 줄 거야. 그리고 그 아름다운 무대를 하나님께 바칠 거야."

손현주 씨는 바로 그 순간 친구와 하나님 앞에서 자신이 인생을 성극에 바치기로 약속을 하고 말았다. 그 약속은 지금도 변함이 없다. 물론 그 뮤지컬을 보고 돌아 온 뒤의 문학의 밤 성극은 더 훌륭했던 것은 두말할 필요도 없는 것.

어쨌든 손현주 씨는 그렇게 머리 속에 온통 성극에 대한 생각만 담은 채 고등학교를 졸업하고 중앙대학교 연극영화과에 진학을 하게 된다. 어려서부터 늘 신학교에 가서 목회자가 되겠다고 생각을 하고, 그렇게 알고 있었던 주변 사람들은 그의 연극영화과의 진학에 솔직히 놀라지 않을 수 없었다. 하지만 그의 생각은 달랐다. 일단은 젊은 나이에 연기 공부를 하고 나서 그 다음에 신학공부를 하는 것이 더 효과적이라고 생각을 했던 것이다.

그런데 대학교 2학년 때 손현주 씨는 두 번 다시 연기를 할 수 없는 커다란 사고를 당하고 말았다. 그 날도 대학교에서 친구들과 성극 연습을 하고 집으로 돌아오는 길이었다.

학교에서 수업을 마치고 성극 연습을 하다보면 으레히 밤 열시를 넘기는 일이 한두 번이 아니었다. 그 날도 친구들과 성극 연습을 끝마치고 가방을 들었을 땐 이미 밤 열한시가 넘어가고 있었다. 아마 운동이나 공부를 그렇게 밤늦게까지 했다면 몸이 노곤하고 피곤했겠지만 자기가 하고 싶어하고 즐겁게 하는 성극 연습이었기에 몸이 가볍고 기분마저 상쾌해지는 것만 같았다.

가방을 둘러메고 집으로 가기 위해 학교 문을 나섰다. 친구들과 그 날 있었던 연습에 대해서 이런 저런 얘기를 하면서 그렇게 걸어가고 있었다. 그렇게 한동안 걸어가고 있는데 갑자기 그는 중심을 잃고 기우뚱하더니 비명을 지르고 말았다.

"으아~"

캄캄한 밤하늘에 메아리친 그의 외마디 비명소리에 같이 가던 친구들은 그의 손을 붙잡았지만 이미 그의 손은 친구 손에서 빠져나가 한없이 아래로 굴러 떨어지고 말았다. 밤하늘의 별도 없이 캄캄한 길바닥, 그는 한동안 그렇게 땅바닥에 누워서 움직이지를 못하고 있었다. 다리를 움직여 보았다. 다리는 움직이는 것 같았다. 이번에는 손을 조심스럽게 들어 올려 보았다. 손도 움직였다. 잠시 후 친구들의 웅성거리는 소리가 들려왔다.

"현주야, 괜찮아?"

친구의 목소리가 또렷이 들려오는 걸 봐서는 아직 의식을 잃지는 않은 것 같았다. 그런데 친구들의 목소리는 들리는데 이상하게도 가까이 다가오지는 않는 것이었다. 아마도 너무나 어두워서 친구들이 그를 찾지 못하고 언덕 아래서 헤매고 있는 것만 같았다. 그는 소리를 내서 대답을 하려고 했다. 그런데 이게 웬일인가? 입에서 말이 나오지 않는 것이었다. 더 자세히 얘기를 하자면 입이 움직여지지를 않았다. 왜 그럴까? 왜 입이 움직이지 않는 것일까? 그는 손으로 입가를 훔쳤다. 입에서 끈적끈적한 것이 묻어 났다. 너무 캄캄해서 그 끈적끈적한 액체가 뭔지는 몰랐지만 비린내가 나는 것으로 보아 피가 흥건히 흘렀음을 알 수 있었다. 그리고 그제서야 턱에서 강한 통증이 일어나는 것을 느꼈다.

'아 친구들이 날 발견해야 할 텐데… 이대로 친구들이 날 발견하지 못한다면 나는 어떻게 되는 건가… 하나님은 지금 절 내려다보고 계시겠죠?'

그런 생각을 하며 그는 눈을 감았다. 그렇게 얼마의 시간이 흘렀을까? 그가 눈을 떴을 땐 소독약 냄새가 코를 찌르는 병실이었다. 입을 움직여 보았지만 턱은 전혀 움직이지를 않았다. 턱엔 하얀 붕대가 수북히 감싸있었다. 잠시 후 의식을 찾았다는 소식을 듣고 의사가 병실로 찾아왔다.

"말은 하지 마시고 그냥 듣기만 하십시오. 제 말을 알아들었으면 그냥 눈만 깜빡 하시면 됩니다. 아니 도대체 얼마나 세게 굴러 떨어졌으면 그렇게 다칩니까? 턱뼈가 완전히 부숴 졌어요. 물론 치료는 해 보겠습니다만, 치료가 다 된 후에도 말은 될 수 있으면 줄이십시오. 말을 한다해도 아마 발음이 예전처럼 똑바르지는 않을 겁니다. 음식도 갈비 같이 뜯어먹는 음식은 아마 먹기 힘들 겁니다. 워낙 턱뼈가 많이 부숴 졌어요."

의사의 말을 들은 그는 갑자기 하늘이 캄캄해져 옴을 느꼈다. 아니 가슴이 그대로 무너져 내려앉는 것만 같았다. 다른 것도 아니고 학교에서 친구들과 성극 연습을 하고 밤길을 걷다가 넘어진 건데, 그리고 누구보다도 하나님은 그가 앞으로 어떤 일을 하고 싶어하는지를 분명히 아시는데도 불구하고 앞으로 말을 못하게 하시다니… 말을 못하는 연기자가 세상에 어디 있단 말인가?

"아, 하나님! 전 성극을 통해서 하나님의 일을 하고 싶어하는 사람입니다. 하나님도 잘 아시잖아요. 그런데 제 입을 막아 놓으시다니요…"

그는 그저 눈을 지그시 감고 하나님께 기도만 했다.

얼굴에 붕대를 감고 병원에서 보내기를 6개월, 그는 그 당시에 말을 줄이고 병원에서 보내는 동안 생애 처음으로 하나님과 많은 대화를 가질 수 있었다. 그리고 자신의 앞날에 대해서 많은 생각을 할 수 있는 좋은 기회였다. 그러던 어느 날 의사는 따뜻한 목소리로 그에게 얘기를 했다.

"그동안 하나님께 기도 많이 하셨죠? 오늘은 엑스레이를 찍어 봅시다. 이제 어느 정도 치료가 된 것 같으니까 말이죠."

의사가 안내하는 데로 그는 엑스레이 앞으로 다가가서 가만히 얼굴을 갖다 댔다. 가슴이 뛰고 있었다.

'잘 되야 할텐데…'

잠시 후 찰칵 소리와 함께 촬영이 끝났다.

"오늘 찍은 엑스레이를 보고 판단하겠지만 앞으로 발음을 잘할 수 있을지 그렇지 않을지, 그리고 말을 많이 해도 되는지를 결정할 수 있을 거예요. 그러니까 지금이라도 늦지 않았으니까 하나님께 부지런히 기도하십시오."

의사는 웃으면서 그렇게 말했다.

하지만 그는 걱정하지 않았다. 왜냐하면 분명히 하나님은 자신 편이라는 것을 이미 알고 있었고, 또 턱뼈를 완전히 고쳐 주셔야만 성극을 통한 하나님의 일을 하게 되리라는 것을 누구보다도 하나님이 잘 알고 계시리라 믿고 있었기 때문이다. 그 다음날 의사는 엑스레이 필름 한 장을 들고 병실로 찾아 왔다. 그런데 이상하게도 의사의 얼굴은 밝지가 않았다. 그는 속으로 은근히 걱정이 되기 시작했다.

"선생님, 결과가 어떻습니까?"

그는 조심스럽게 담당의사를 쳐다보며 물었다. 과연 앞으로 연기를 더 할 수 있느냐 없느냐 하는 중요한 순간이었다.

"그동안 하나님께 기도를 많이 했나 보죠? 제가 놀랄 정도로 많이 좋아졌습니다."

"그럼 연기를 계속할 수 있단 말인가요?"

"그렇습니다."

"오, 하나님 감사합니다."

손현주 씨는 그때 의사가 한말을 지금도 잊을 수가 없다고 한다.

다시는 연기를 못하게 될 줄만 알았던 그는 다시 한 번 기회를 주신 하나님께 감사를 하며 병원에서 퇴원할 수 있었다.

그 후 그는 다시 한 번 하나님 앞에 간절히 기도하게 되는 기로에 놓이게 된다. 연기를 통한 선교를 하려면 완벽한 연기에 대한 공부도 해야 하고, 또 실전경험도 쌓아야 하는 문제와 신학을 공부해서 성극 선교사로서의 신앙적 토양을 쌓아가야 하는 문제를 동시에 풀어나가야 하는데 자신의 능력으로는 도저히 두 가지 다 해결할 방법이 없었던 것이다.

그렇다면 과연 대학을 졸업하고 신학교에 가야 할 것인가, 아니면 아마추어로서가 아닌 본격적인 연기수업을 받아야 하는가?

그 기로에서 그는 연기자로서의 길을 먼저 걸어가야 하겠다고 맘을 먹었다. 왜냐하면 신학공부는 나중에라도 시작할 수 있지만 들어가기가 좀처럼 어렵다는 방송국의 탤런트 시험에 합격을 했으니 그 기회를 스스로 외면하기도 쉽지가 않은 것이다.

그래서 일단 연기자로서 텔레비전의 화면에서 연기 인정을 받고 또 대중적인 인기도 얻은 다음에 그것을 바탕으로 선교에 임하자는 계획이었다.

"이것은 정말 진심입니다. 만약에 제가 선교보다도 눈앞에 보이는 인기만 연연해서 연기자의 길로 들어섰다면 하나님께서 저를 가만히 내버려두지 않으셨을 겁니다. 저는 병원에 있을 때도 그렇고 지금도 역시 늘 성극에 대한 일념으로 가득 차 있습니다. 반드시 머지않은 날에 완벽한 연기를 통한 성극을 준비해서 많은 사람들에게 복음의 메시지를 전하고, 해외에 나가서까지 성극 공연을 하겠다는 생각으로 가득차 있습니다. 그래서 하나님께서 지금 저에게 연기자로서 인기를 얻게 하시는 것 같습니다."

사실이 그렇다. 손현주 씨는 지금 그 어느 때 보다도 많은 사람들의 사랑을 받는 연기자가 되어 있다.

"제가 말이죠. 인기가 없을 때 다른 교회 가서 성극을 공연한다고 하면 보러 오는 사람도 별로 없었고, 그 교회의 목사님도 별로 달가워하지 않았습니다. 그런데 요즘 제가 텔레비전에서 인기를 얻고 유명해진 다음에 교회 가서 성극을 공연한다고 하면 목사님의 태도가 많이 달라져 있어요. 그 동네 사람들이나 교인들의 반응도 물론 예전보다 훨씬 더 뜨겁죠. 그래서 전 하나님의 계획이 이런 거구나 하는 걸 느끼고 있습니다."

아무리 순수한 마음으로 성극을 통한 선교를 하려고 해도 관심도 안 갖던 사람들이 인기 있는 연예인이 성극을 공연한다고 하면 이렇게 반응이 달라지는 것에 대해 씁쓸한 마음이 들지만 그래도 현실이 그렇다는 것을 생각하면 그는 오히려 지금 이 순간의 텔레비전 드라마에서 최대한 인기를 많이 얻고 많은 사람들에게 좋은 연기자로 알려지는 것이 최상의 선택이라고 생각한다.

그래야 나중에 더 큰일에 쓰임 받을 수 있을 거라는 생각이기 때문이다. 물론 어떤 사람들은 세상의 인기 맛을 볼대로 본 사람이 과연 다시 선교 일에 나서려고 할까 하는 의문을 가질 수도 있지만 그것은 정말이지 두고 볼 일이다.

분명히 머지않은 날, 손현주 씨는 하나님이 허락하신 세상의 인기를 바탕으로 하나님의 귀한 사명을 감당할 그 날을 손꼽아 기다리고 있는 것은 확실하다.

어차피 인생이란 단기간의 경주가 아니라 팔십 평생을 걸려 달려야 하는 기나긴 마라톤이라고 생각하면 절대로 조급하지 않고 하나님이 짜주신 계획표에 따라 차근차근히 이루어 나가는 것이라고 본인은 믿고 있기 때문이다. 이렇게 자신의 모든 삶을 하나님께 맡기고 하나님을 위해 살아나가려는 사람에겐 하나님은 분명히 축복을 내리신다는 것을 그는 요즘 새롭게 체험하며 살아가고 있다. 그러면 그럴수록 손현주 씨는 인생의 분명한 목표를 잃지 않으려고 오늘도 성경책을 펴들고 있다.

　"하나님, 저를 하나님의 도구로 삼아 주시옵소서. 하나님이 주신 달란트로 하나님을 증거하는 일꾼이 되게 하여 주옵소서."

황수관 박사

★ 신바람 건강박사

'아~ 이토록 국민들이 건강에 관심이 많구나,
신바람 날일이 없으니까 내 강의를 듣고 신바람 나고 싶어 하는구나,
하나님, 저에게 이런 엄청난 사명을 주시는군요, 알겠습니다.
제 몸이 하나님 곁으로 가는 순간까지 사명을 감당하겠습니다.'

신바람 건강박사

"여러분, 성경의 잠언에 보면 이런 말이 있습니다. 즐거운 마음은 좋은 약과 같고 상한 마음은 사람을 죽인다는 거죠. 그러니까 항상 즐거운 마음을 갖고 늘 웃음을 잃지 않는 생활을 해야 합니다. 사람이 한 번 웃으면 5분 동안 에어로빅을 한 효과가 있습니다. 그리고 한 번 폭소를 하면 사람의 수명이 이틀이나 연장이 된다고 합니다. 우리 모두 신바람을 갖고 살아갑시다."

이렇게 신바람을 일으키고 있는 황수관 박사. 그분의 요즘 스케줄을 보면 가히 인기가수 못지 않은 일정으로 다이어리가 빼곡하다. 교회와 기업체 강의를 하루에도 평균 5, 6군데를 다니는데 그것도 약 180대의 1이라는 경쟁률을 뚫고 선택되어 강의를 하고 있는 것이다.

왜 이렇게 황수관 박사의 신바람이 돌풍을 일으키고 있는 것인가? 이런 질문에 황 박사의 답변은 아주 간단명료하다.

"하나님이 나를 유명하게 만들어서 선교의 도구로 쓰시려는 겁니다."

그렇다. 하나님은 황 박사를 들어 하나님의 일꾼으로 더욱 높이 쓰시려는 것이다. 그렇다면 하나님은 어떤 방법으로 황수관 박사를 선택하셨으며, 오늘날 전 국민의 신바람 건강 박사가 되었을까?

그 시작은 아주 작은 카세트 테이프로부터 시작이 되었다고 볼 수 있다.

1996년의 어느 날, 누군가 필자에게 케이스도 없는 카세트 테이프를 하나 주면서 들어보라고 했다. 그 테이프를 받아든 나는 그냥 대수롭지 않은 것이려니 하고 며칠 동안 차안에 두고 들어 볼 생각도 하지 않았다.

그러던 어느 날, 더 자세히 얘기를 하자면 한창 퇴근길로 도로가 막히던 날, 나는 너무나 지루해서 아무생각 없이 테이프를 꽂았다. 그리고 나서 몇 분 지나지 않아서 나는 말 그대로 폭소를 터뜨리지 않을 수 없었다. 한 마디로 너무나 재밌고 코믹한 황 박사의 건강 강의가 나를 두 시간이라고 하는 길고 긴 퇴근길을 유쾌하게 했던 것이다.

특히 중간 중간에 성경말씀으로 예를 들면서 건강강의를 하는 황 박사의 테이프는 일단 건강에 관한 내용이라 유익하기도 했고, 적절한 유머는 하루의 일과 동안 쌓였던 스트레스를 풀기에 너무나 화끈했다.

그리고 가장 중요한 것, 그것은 강의 도중에 하나님의 메시지를 전하는 강의는 한 마디로 내가 찾던 바로 그런 분이었다. 방송을 통해서 시청자들에게 건강정보와 재미, 그리고 신앙적인 메시지까지 겸비한 금상첨화의 인물, 그래서 나는 당장 황 박사의 연락처를 알아냈고 마침내 통화가 되었다.

"황 박사님, 저는 방송작가 김종철이라고 합니다. 다름이 아니고 말이죠…."

"아 그래요, 반갑습니다. 그런데 말이죠. 내가 워낙 요즘 바빠서…."

"바쁘셔도 제 말은 꼭 들으셔야 합니다."

"그럼 지금부터 3분내로 용건만 빨리 말씀하세요."

자, 3분내로 어떻게 내 의견을 전달해야 저분을 방송에 출연시킬 수 있는 것일까? 그래서 순간적으로 머리 속에서 정리한 내용이 첫 번째는 요즘 온 국민은 신바람이 필요하다. 정치적으로도 식상해 있고, 경제적으로도 어려운 상태니까 신바람이 필요하고, 두 번째로는 국민들의 건강을 위해서 꼭 올바른 건강정보를 전해 주셔야 하고, 세 번째로는 저와 황 박사를 연결하게 하신 분은 바로 하나님이시다. 그것은 바로 황 박사께 새로운 하나님의 명령을 주시려는 것이다.

이 정도로 얘기했는데도 거절할 수 있을까? 그래서 출연하게 된 프로그램이 바로 SBS-TV의 '정보특급 금요베스트 텐' 이다.

이 프로그램에서 황 박사의 그 특유의 신바람 나는 강의로 스태프들 모두가 상상도 못했을 정도의 시청률을 기록했는데… 그런데 사고가 생겼다. 생방송으로 진행되는 프로그램에서 황 박사가 실수를 했는데, 실수치고는 너무나 엄청난 실수였다. 여차하면 프로듀서와 작가 모두가 옷을 벗게 할 정도의 실수를 말이다.

"여러분 우리 몸은 정말 신비한 겁니다. 사람의 장기 중에서 가장 중요한 게 바로 뇌 아닙니까? 얼마나 중요하면 단단한 해골 속에 들어앉아 보호를 받고 있습니까? 그리고 또 중요한 것은 심장입니다. 심장도 역시 중요한 장기이기 때문에 갈비뼈 속에 들어가 있는 것이구요. 그리고 또 중요한 장기가 있습니다. 그것은 바로 대를 잇는 곳… 어딘지 모르세요? 아시죠? 생식기…. 그런데 이상하게도 생식기는 밖으로 노출이 되어 있어요. 사실 따져보면 생식기도 얼마나 중요한 겁니까? 그런데 왜 생식기는 갈비뼈나 해골 속에 안 들어 있고 밖에 노출이 되어 있는 걸까요? 모르시죠? 그런데 말입니다. 왜 우리 팔의 길이가 딱 이 정도 인줄 아십니까? 양손을 앞으로 모아보세요. 가운데가 신기하게도 가려지죠? 여자들도 두 손을 가지런히 모아서 가운데 올려놓고 계시잖아요."

순간 스튜디오 안은 폭소가 터졌다. 점잖게 생긴 황 박사가 이런 식의 강의를 한 시간 동안 펼쳐놓으면 말 그대로 시청률은 하늘 높은 줄을 모르고 올라갔다. 생방송으로 강의가 진행되는 동안 나는 스튜디오의 뒤편에 서서 그 모습을 지켜보고 있었다. 그런데 갑자기 사고가 났다.

"여러분, 건강진단 자주 받으셔야 합니다. 앞으로 건강진단을 받으려면 제가 있는 연세대 세브란스병원으로 오십시오."

하는 게 아닌가? 그러더니 이번에는 한술 더 떠서 "혹시 모르실 것 같아서 그러는데… 전화번호는 325국에 xxxx입니다. 다시 한 번 알려드릴까요?"

그 말에 방청객은 또다시 폭소의 도가니가 되었지만 순간 조정실에서 난리가 났다.

"저게 무슨 소리야? 막아 못하게 막으란 말이야!"

하지만 이미 황 박사의 입에서 나온 말을 무슨 수로 막는단 말인가? 그것뿐만이 아니었다. 방송 끝 무렵에 갑자기 안주머니에서 책을 한 권 꺼내시더니 "여러분, 제 강의에 대해서 더 구체적인 걸 알기 원하시는 분은 바로 이 책에 자세히 적혀 있습니다. 전국 서점에 있으니까…"

결국 그런 초긴장과 살얼음판 같은 상황 속에서 방송을 끝내고 우리는 걱정과 근심에 쌓인 채 사무실로 돌아와야 했다. 왜냐하면 황 박사의 그런 돌발적인 행동은 충분히 방송위원회의 경고감이었기 때문이다. 기껏 방송 잘하고 경고를 받게 생겼으니… 사무실에 돌아와서 앞으로 닥쳐올 재앙에 대해서 두려워하며 눈치를 보고 있을 때였다. 담당 PD의 책상 위에 있던 전화에서 벨이 울린 것이다.

"여보세요? … 네, 그런데요. … 뭐라구요? 회장님 비서실이라구요? (수화기를 막고) 부장님, 회장님 비서실에서 담당 PD를 바꾸라는데요?"

그렇게 불려 올라간지 한 시간 뒤, 담당 PD가 다시 사무실로 나타났다.

"왜 그래요? 회장님이 뭐래요? 담당 PD하고 작가를 잘라 버리시겠데요?"

잔뜩 걱정이 되어 물어보는 나에게 PD는 씩 웃으며 하얀 봉투를 내밀었다.

"이게 뭔 줄 알아? 사표인 줄 알았지? 사표가 아니라 회장님이

금일봉을 내려 주셨어. 우리 방송을 보시고 너무 재밌게 잘 만들었다고 칭찬을 하시면서 회식이나 하라는 거야. 그리고 황 박사의 강의는 남편들도 같이 봐야 하는 내용이니까 다시 녹화를 해서 저녁 늦은 시간에 다시 방송을 하래. 방송시간도 하루에 2시간씩 이틀 동안을 특별 편성을 해 주셨어. 프로그램 이름도 벌써 다 정해졌어. '신춘 특별기획 황수관 박사의 신바람 건강법' 어때? 괜찮지?"

황수관 박사는 그렇게 뜨기 시작한 것이다. 예정대로 방송은 다시 나갔다. 방송이 나간 다음날 아침, 세상은 확 뒤바껴 버리기 시작했다.

황수관 박사의 '신바람 건강법' 강의는 말 그대로 공전의 히트였다. 방송을 마치고 다음날 아침 서울역 앞에 있는 세브란스병원 건강증진 센터(황 박사는 그때 당시 그곳의 부소장으로 있었다)에 출근하자마자 황 박사는 발길을 멈춰야 했다. 벌써 건물 앞에는 KBS, MBC를 비롯해서 각 케이블 방송국의 중계차가 대여섯 대나 와서 진을 치고 있었고, 손에 카메라를 든 기자와 PD들로 북적거리고 있었던 것이다. 그때만 해도 황 박사는 도대체 무슨 영문인지를 몰랐다.

"이게 무근 일입니까?"

황 박사가 그들에게 가까이 가며 물었다.

"와~ 황 박사가 나타났다."

하면서 건물 안을 기웃거리던 카메라 기자와 PD들이 황 박사를 에워쌌다.

"황 박사님의 신바람 건강법이 인기를 끈 이유가 뭐라고 생각하십니까?"

"황 박사님이 말씀하신 건강 강의에 국민들의 관심이 폭발적입니다. 소감을 한 마디 해주시죠."

"황 박사님은 개인적으로 어떻게 건강관리를 하고 계십니까?"

질문이 황 박사 얼굴을 뒤덮었다.

"잠깐만요. 지금 이게 무슨 날립니까?"

"아니 박사님, 아직도 모르십니까? 박사님은 간밤에 뜨셨습니다. 지금 전국이 황 박사님의 신바람 건강법으로 들썩거리고 있다는 걸 모르십니까? 소감을 얘기해 주셔야죠."

그 순간 황 박사는 가슴이 철렁 내려앉았다.

'아~ 이토록 국민들이 건강에 관심이 많구나, 신바람 날일이 없으니까 내 강의를 듣고 신바람 나고 싶어 하는구나, 하나님, 저에게 이런 엄청난 사명을 주시는군요, 알겠습니다. 제 몸이 하나님 곁으로 가는 순간까지 사명을 감당하겠습니다.'

"이보시오, 기자님들 여기서 이러지 말고 다른 곳으로 옮겨갑시다."

황 박사는 태어나서 처음으로 기자회견이란 걸 해봤다. 병원에서 가장 가까운 어느 호텔에서 기자회견을 하던 날, 그 날도 역시 기자들이 바글바글 몰려들었다. 여기저기서 카메라 플래시가 터지고 질문 공세가 쏟아졌다. 마침 그 호텔을 찾았던 외국인들이 그 장면을 보고는 호텔 관계자에게 질문을 했다.

"저 사람이 얼마 전에 망명신청 했다는 황장엽입니까?"

"저 사람이 코미디언입니까 기자회견 도중에도 계속 기자들이 웃던데…."

황 박사에게 찾아 온 변화는 이것만이 아니다. 사무실로 전화가 걸려왔다

"황 박사님이시죠? 여기는 광고회사인데요? 박사님께서 하도 우유가 몸에 좋다고 강의를 잘 해주셔서 말이죠, 이번에 우유광고를 새로 찍는데 모델로 쓰고 싶습니다. 어떠세요?"

"그래요? 무슨 우유인데요?"

"네, 서울우유입니다."

"어떡하죠? 제가 연세대에 몸을 담고 있는 사람인데 연세우유 광고도 아닌 서울우유 광고에 나가면 저를 뭐라 하겠습니까?"

그 날 이후 황 박사는 여러 군데의 광고회사와 계약을 맺게 되었다. 그것뿐만이 아니다. SBS라디오에서 매일 오전 '신바람 건강법'이라는 프로그램의 진행자겸 DJ까지 맡게 되었으니 정말 하나님의 축복도 이만 저만이 아니다.

"황 박사님, 요즘 굉장히 바빠지셨죠?"

"이게 다 김 작가 때문이다."

"다 하나님의 일을 더 크게 하시라는 겁니다."

"맞다, 맞다. 근데 말이야. 아직 영화사 쪽에선 연락이 없데…."

황 박사는 매사에 이런 식으로 상대방을 편하게 해주는 특기가 있다. 바로 이점이 황 박사의 매력이다.

텔런트 **김혜자**

★ 방송국의 전도왕

하나님은 늘 그런 식으로 김혜자 집사의 곁에서 그를 지켜보시고 있다.
그래서 김혜자 집사가 전도를 할 때나,
또는 어려운 일을 겪을 때마다 힘을 주시고 용기를 주시고 있다.

방송국의 전도왕

탤런트 김혜자 씨가 방송국 분장실에서 전도를 잘하는 사람으로 소문이 난 것을 알만한 사람이라면 다 아는 얘기다.

우선 '전원일기'에서 함께 연기를 했던 탤런트 김수미 씨가 교회를 다니게 된 것도 전부 김혜자 씨 때문이라고 한다.

어느 날, 분장실에서 김혜자 집사가 김수미 집사와 함께 녹화 들어가기 직전에 서로 대본을 들여다보며 대사를 외우고 있을 때였다. 연기자로 쳐도 끝이 보이지 않을 정도로 한참이나 후배인데다 이름조차도 잘 모르는 여자 연기자가 하얀 봉투를 두 장이나 내밀었다.

후　배 : 저, 선배님….
김혜자 : 왜? 무슨 일이야?

후   배 : 돌아오는 토요일 오후에 제가 결혼을 하거든요.

김혜자 : 그런데….

후   배 : 바쁘시겠지만 그래도 시간이 나시면 오십사 하구요.

김혜자 : 그래? 그럼 축하해 줘야지. 알았어.

후   배 : 고맙습니다. 선배님.

　인사를 하고 후배가 사라지자 대뜸 김수미 집사는 청첩장 봉투를 든 채로 "쟤는 얼굴도 잘 모르는 앤데, 왜 우리한테 청첩장을 돌리지?" 하면서 한참이나 그 후배의 뒷모습을 쳐다보았다.

　그런데 김혜자 집사는 벌써 어디에서 구해왔는지 하얀 봉투에 십만 원짜리 수표를 조심스럽게 집어넣는 것이 아닌가?

김수미 : 언니, 그거 아까 그 애 줄려고 그러는 거유?

김혜자 : 응, 왜?

김수미 : 언니는 별걸 다 신경 쓰고 그래요?

김혜자 : 별거라니? 결혼을 한다는데….

김수미 : 지금 그 애 이름이나 알아요?

김혜자 : 아니, 잘 몰라.

김수미 : 이름도 모르는데 뭐하러 그래? 그리고 쟤는 보니까 이제 시집
　　　　가면 연기생활도 그만하고 들어앉을 애 같은데 뭐하러 그렇게
　　　　돈을 많이 넣어?

김혜자 : 얘, 수미야, 인기가 있고 잘 나가는 후배라면 결혼을 하고 나
　　　　서도 계속 연기를 할 거고, 그럼 우리가 볼 수 있지만, 쟤는 네
　　　　말대로 결혼하면 이제 방송국에서 볼 수 없잖니.

그러니까 다른 후배가 결혼하는 것보다 더 신경 써줘야 하지 않겠니?

이런 말을 듣고도 그녀의 순수하고 아름다운 마음씨에 감탄하지 않을 자신이 있는 사람이 있을까?

어려서부터 교회에 나가다 어른이 되어서 한동안 신앙생활을 쉬고 있었던 김수미 씨는 '도대체 혜자 언니에겐 무엇이 있길래 저런 마음의 여유가 있는 것일까?' 곰곰이 생각하게 되었다. 그리고 그 고민의 결론은 바로 '그래 혜자 언니에게 신앙심이 있기 때문일 것이다'는 것을 발견하게 된 것이다.

물론 그 이후로 김혜자 집사를 따라 월요일 아침마다 있는 연기자 신우회의 성경공부 모임에 나가게 된 것은 두말할 필요 없는 얘기이다.

그런가 하면 '전원일기'에서 13년째 부부역할을 해왔던 탤런트 최불암 씨도 김혜자 집사의 끈질기고 애교 섞인 전도로 인해 성경공부 모임에 나가게 된 사실을 아는 사람은 많지 않다.

김혜자 : 최불암 씨. 월요일 아침에 딱 한 시간만 시간 내서 성경공부 모임에 나오면 제가 분장실에서 심부름 다 해드릴게요. 커피 뽑아오라면 커피 뽑아오고, 분장 케이스 갖고 오라면 갖다 드리고, 옷도 내가 다 챙겨 드릴게요. 네? 한번만 나와 보실래요?

처음에는 최불암 씨도 김혜자 집사의 이런 적극적이고 난데없는 친절공세가 부담스러웠지만 역시 두 손 두 발 다 들 수밖에 없었다.

어느 월요일 아침, 여의도에 있는 연기자 신우회 사무실에서 성경공부를 한참 진행하고 있을 때, 문을 살며시 열고 머뭇거리다 검은 구두부터 살짝 들여놓는 사람이 있었으니 그 사람이 바로 최불암 씨였다.

사람들 : 아니, 도대체 누가 어떻게 전도했기에 저렇게 의정 활동에다
　　　　연기 생활로 바쁘신 분이 성경공부 장소에 나타나신 것일까?

이렇게 쑤군거리고 있을 때 최불암 씨 특유의 김빠지는 웃음소리를 내며 맞선 보러 나온 총각처럼 얼굴을 붉히며 김혜자 집사를 바라봤다.

최불암 : 허허허, 아이구 김혜자 씨가 얼마나 미안하게 심부름을 하시
　　　　는지….

김혜자 집사의 이런 전도열성은 외국을 갈 때도 여지없이 발휘됐다. 언젠가 중국으로 조미료 광고를 찍으러 간 적이 있었는데, 김혜자 집사는 기념사진 찍을 카메라나 무겁고 부피 나가는 화장품들을 챙기기보다는 무겁고 두꺼운 성경책과 찬송가를 다섯 권씩 챙겨 넣었던 것이다.

성경찬송이 귀한 중국 땅에서 만약에 성경찬송을 갖고 싶어 하는 사람을 만나면 전해 줄 생각이었던 것이다. 그것을 안 어떤 사람이 "중국에선 그런 것 들고 다니면 큰일 나요" 하고 겁을 줬지만 김혜자 집사는 그 정도에 겁먹을 사람이 아니었다.

촬영 때문에 차를 타고 이동하면서도 혹시 교회의 십자가가 어디에 있나 두리번거리기도 하고, 그곳에서 만나는 사람들에게 "혹시 성경찬송 필요치 않으세요?" 하고 묻기도 했는데, 안타깝게도 그들은 하나같이 성경찬송이 뭔지도 모르는 사람들이었다.

귀국 날짜를 하루 앞둔 순간까지 성경찬송을 그저 가방 속에 간직하고만 있을 뿐 이러다가 다시 '서울로 가져가게 되는 것이 아닌가?' 하고 걱정이 되어 하나님께 기도했다.

"하나님, 이 성경과 찬송이 꼭 필요한 사람이 이곳에도 있겠죠. 오늘이 가기 전에 그 사람들을 꼭 만나게 해주세요. 저는 오늘밖에 시간이 없습니다."

역시 하나님은 즉시 응답해 주시는 분이었다.

그렇게 기도를 하고 호텔방을 나섰는데 복도에서 전혀 얼굴도 본 적이 없는 사람이 김혜자 집사에게 말을 건네 온 것이다.

그 사람 : 아니, 김혜자 씨 아닙니까?

김혜자 : 예, 안녕하세요?

그 사람 : 정말 이게 웬일입니까?

김혜자 : 왜요?

그 사람 : 실은 말이죠, 제가 이곳에 있는 조선족 무용수들을 잘 알고 있는데, 어제 저녁식사를 하면서 김혜자 씨 얘기를 했지 뭡니까? 그랬더니 그 무용수들이 김혜자 씨를 꼭 만나볼 수 있었으면 좋겠다지 뭡니까? 그런데 거짓말처럼 이렇게 제가 직접 김혜자 씨를 만나게 되다니 정말 우연치고는 기가 막힌 우연이지 뭡니까?

김혜자 : 그래요? 고맙습니다. 저도 반갑네요.

김혜자 집사는 거리에서 늘 만나는 팬들의 인사려니 하고는 바쁜 척하며 그냥 돌아서서 가려다가 갑자기 이상한 생각이 들었다. 그리고는 아직까지 그 자리에서 자신의 뒷모습을 보고 있던 그 사람에게 물어보았다.

김혜자 : 잠깐만요, 혹시 말예요. 그 무용수라는 분들 말예요.
그 사람 : 네.
김혜자 : 그분들 교회 다니지 않나요?
그 사람 : 아니 그걸 어떻게 아셨습니까?
김혜자 : 그분들 좀 만나게 해 주실 수 있어요?
그 사람 : 그야 어렵지 않죠. 무척 반가워 할 겁니다.
김혜자 : (혼잣말로) 아 하나님, 정말 당신은 너무나 정확한 분이십니다.

정말로 이런 얘기를 하면 아무도 믿지 않을지 모르지만 그 무용수들은 정확히 다섯 명이었고, 그들은 김혜자 집사의 예상대로 교회는 다니지만 그동안 성경과 찬송가가 없어서 애태우고 있었던 것이었다.

성경과 찬송을 전해 주고 돌아온 그날 밤 김혜자 집사는 마치 사울이 다메섹에서 예수님을 만난 그 때 그 심정을 느낄 수 있었다.

"어머나 세상에… 하나님은 정말 계셔. 이렇게 바로 내 기도를 응답해 주시다니…"

그런 하나님을 사랑하면서 어떻게 전도를 하지 않을 수 있을까?

그래서 김혜자 집사는 여전히 전도의 끈을 늦추지 않는다.

남들이 보기에 전혀 현실성이 없어 보이는 행동을 김혜자 집사는 서슴없이 했고, 또 그런 행동을 오직 하나님만을 믿고 했던 김혜자 집사의 순수하고 아름다운 믿음은 그 후에 많은 크리스천 연예인들 사이에서 화제가 되었었다고 한다.

어쨌든 하나님은 늘 그런 식으로 김혜자 집사의 곁에서 그를 지켜보시고 있다. 그래서 김혜자 집사가 전도를 할 때나, 또는 어려운 일을 겪을 때마다 힘을 주시고 용기를 주시고 있다.

이런 백은 골드카드 보다 더 확실하고, 그 어떤 신원 보증보다 더 확실한 것이 아닐까? 또 그런 보증은 아무에게나 서 주는 것은 분명 아닐 것이다. 그런 백을 서 줄만한 사람에게만 서 주는 것일 텐데 김혜자 집사는 분명히 그런 보증을 받을 만한 사람이라는 것이다.

김혜자 집사의 요즘 전도 대상자는 탤런트 유인촌 씨라고 한다. 유인촌 씨야 누가 뭐래도 확실한 연기파 배우이자 노력하는 연기자임은 틀림없는데, 그런 그가 오늘날 연기자의 길로 들어서게 된 계기가 교회의 성극 무대라는 사실은 정말 새로운 얘기다. 고등학교 시절, 친구와 함께 다니던 교회에서 '돌아온 탕자'라는 성극을 공연할 때 탕자 역을 맡아 열연을 해서 많은 박수를 받았던 경력의 소유자이다.

김혜자 : 그럼, 교회가 전혀 낯선 곳은 아니겠네?
유인촌 : 그럼요. 저의 연기자로써의 자질을 처음 알게 된 곳이 교회인데 어떻게 제가 교회를 잊을 수가 있겠습니까?
김혜자 : 그럼 됐어. 이번 주부터 교회를 나오는 거야. 알았지?

유인촌 : 요즘은 통 바빠서….

김혜자 : 그러니까 그 바쁜 스케줄 속에 하나님과 만나는 스케줄을 포함시키는 거야. 바쁘기로 말하자면 나도 마찬가지. 하지만 나도 내 스케줄의 우선순위를 하나님과의 만나는 시간을 두는 거야. 그럼 이상하게도 하나님이 다 알아서 내 스케줄까지 관리해 주시지. 난 교회 가는 일 때문에 다른 일을 못한 적이 단 한 번도 없어. 정말이야.

유인촌 : 듣고 보니까 정말 그러시네요.

김혜자 : 그렇다니까.

그 후로 유인촌 씨가 교회를 나가기 시작했다는 얘기는 없다. 왜냐하면 그렇게 말 한 마디로 쉽게 전도가 되는 게 아니라는 것을 김혜자 집사도 잘 알기 때문이다. 하지만 그렇다고 해서 김혜자 집사의 전도 공략은 쉽게 삭으러드는 것은 아니다. 분명히 언젠가는 고개를 숙이고 하나님께로 나오리라는 것을 알고 지금도 꾸준히 기도를 하고 있다.

"하나님, 제 마음을 잘 아시죠? 최불암 씨도 교회 나오고, 김수미 씨도 교회에 나오고… 이제 유인촌 씨만 나오면 '전원일기' 팀은 거의 믿음의 가족이 됩니다. 십 수 년간 한국인의 가슴에 참다운 가정의 모습을 보여주고 있는 전원일기 가정이 크리스천 가정이라면 얼마나 좋겠습니까? 하나님, 유인촌 씨의 마음을 움직여 주세요. 제발 부탁입니다."

김혜자 집사의 이런 기도가 곧 이루어 질 거라고 믿어 의심치 않는다.

탤런트 **임동진**

★ 이건 기적입니다. 뼈가 이틀만에 붙었어요

"자, 보라구. 우리 하나님은 이런 분이야,
그러니까 당신도 어서 예수 믿어."

이건 기적입니다.
뼈가 이틀만에
붙었어요

하나님을 위해 일을 할 때 기적이 일어나고, 하나님을 위한 연기를 할 때 보통 사람은 감히 체험해보지 못할 놀라운 사건을 겪는다는 사실을 알까?

더구나 의사도 고개를 흔들고, 수많은 주위의 사람들도 무모한 일이라고 말리던 일이 아주 보란 듯이 이루어지는 사건을 말이다.

그런데 "요즘 기적이 어디 있어?" 하는 사람들에게 아주 기가 막힌 그 기적과 사건을 몸소 직접 체험한 사람이 바로 탤런트 임동진 장로이다.

임동진 장로는 1987년 세종문화회관 별관에서 공연한 성극 '일어나 빛을 발하라'를 공연한 이후 1년에 한편 이상씩 꼭 성극이나 기독교 영화에 출연하고 있는데, 1993년에는 호암아트홀에서 모세의 일대기를 그린 장편의 대 서사극 '건너가게 하소서'에 주인공인 모세 역할로 출연하게 되었다.

그 작품은 우리나라에서 믿음도 좋고 방송국에서도 잘 나간다 하는 크리스천 연예인 백여 명이 모여 출연한 작품으로 관객 동원 면에서도 꽤나 성공한 작품이었다.

그 커다란 호암아트홀에 관객이 꽉 차서 마침내는 계단과 통로에까지 서서 봐야 할 정도로 입추의 여지가 없이 호응을 얻은 그 작품은 우리나라에서 성극 공연을 해봐야 과연 얼마나 올까 하는 생각들을 가졌던 출연자들이 뜻밖의 매진 사태에 크게 고무되었고, 성극의 발전에 큰 가능성마저 갖게 하기에 충분했던 것이다.

그래서 마침내 대구 기독교방송국의 개국기념 공연으로까지 앙코르 공연을 하게 되었는데, 문제는 앙코르 공연을 할 때 즈음 임동진 장로가 KBS-TV에서 야심을 갖고 제작하는 미니시리즈 '백색미로'에서 주인공으로 녹화 제작 중이었다.

그 작품은 중년의 나이에 접어든 중진 연기자로서는 여간해서 주어질 수 없는 캐릭터 강한 배역이었는데, 그래서 임동진 장로는 더 열심히 작업에 임했었다. 어쩌다가 우연히 마약밀매단과 연루되어 쫓고 쫓기는 사람이 된다는 조금은 만화 같은 내용답게 작품은 그에게 때로는 람보처럼 러닝셔츠 바람으로 총을 들고 뛰어다니게 했고, 때로는 높은 건물에서 뛰어내리게까지 했던 것이다.

모처럼 신나는 작품을 만나게 된 임 장로는 물불 안 가리고 촬영에 임한 것까지는 좋았는데, 그만 촬영도중에 다리를 다치는 큰 사고를 당한 것이다. 당연히 드라마 촬영은 중단이 되고 병원에 실려가서 엑스레이를 찍어보니 검은 필름에 허옇게 금이 가 있는 것이 아닌가?

의　사 : 큰일 났습니다. 뼈가 완전히 부러졌는데요.

임동진 : 이걸 어떡하죠? 앞으로 해야 할 일이 많은데….

의　사 : 그 많은걸 앞으로 영원히 그만 두시겠습니까, 아니면 3개월을 꾹 참고 기다리시다가 나중에 다시 하시렵니까?

임동진 : 그렇게 오랫동안?

순간 임 장로의 머리 속엔 드라마 촬영도 촬영이지만 25일 앞으로 다가온 성극의 앙코르 공연이 머리 속에 떠올랐다.

'포기하자 이렇게 다리가 망가졌는데 성극은 무슨…'

물론 편한 맘은 아니었지만 이렇게 맘먹은 그는 성극 관계자들에게 이같은 사실을 알렸다. 그랬더니 제일 먼저 찾아 온 사람들은 대구 쪽의 목사님들이었다. 처음엔 임 장로가 다리를 다쳐서 성극을 할 수 없을 정도라니까 어떻게 웬만하면 공연만큼은 해주십사하고 간청하러 왔다가는 도저히 그럴 상황이 아니라는 것을 두 눈으로 확인을 했던 것이다. 그리고는 진심으로 걱정하는 마음으로 그의 다리를 붙들고 기도를 해주셨다.

안수를 받는 순간 임 장로는 갑자기 이런 생각이 들었다.

'아, 믿음이 연약한 자여, 살려도 하나님이 살리시고 죽여도 하나님이 죽이시는 것이고, 수술을 받고 치료를 해주시는 것도 하나님이 하시는 것인데 하나님께서 알아서 하시겠지…'

그리고는 기껏 홍보와 준비를 하던 중에 성극이 취소되는 것이 걱정이 되어 낙담을 하고 있는 목사님들에게 그는 오히려 위로를 했다.

"목사님들 걱정하지 마십시오, 아무리 다리가 아파도 공연을 해야죠."

"아니, 이 다리를 가지고 어떻게 공연을 하시게…."

"하나님 연극을 하겠다는데 하나님이 안 돌봐 주시겠습니까? 잘 되겠죠 뭐, 그러니까 대구에서 준비하던 것은 차질 없게 준비합시다. 이때야말로 하나님의 능력을 믿어야죠, 안 그렇습니까?"

"아멘."

그렇게 목사님들께 큰소리를 치고 나서 일주일 있다가 목발을 짚은 채 연습장으로 나갔다. 동료 연기자들도 임 장로가 사고가 났다는 소식을 듣고는 더 이상 성극이고 뭐고 진행 될 수 없으리라고 생각하고 있었다. 주인공인 모세가 다리를 다쳤으니 어떻게 공연이 진행된단 말인가?

그래서 연습시간이 되었어도 삼삼오오 모여 앉아 공연 여부에 대해서 이러쿵저러쿵 얘기들만 나눈 채 연습도 하지 못하고 있었다. 바로 그 순간 임 장로가 목발을 짚은 채 턱하니 연습장으로 들어오는 것이 아닌가?

그 모습을 보고는 한결같이 모든 연기자들이 입을 열지 못했다. 그저 숙연해질 뿐,

"뭐들 합니까? 연습하자구요."

그 다음부터 연습시간에 빠지는 연기자는 단 한사람도 없었다. 대선배인 임 장로가 목발 짚고 하루도 안 빠지고 연습에 나오는데 어떻게 새까만 후배들이 빠질 수 있는가? 더구나 드라마 촬영이 중단이 되었으니 성극 연습에 충실히 임할 수도 있었고….

그렇게 해서 시간은 흘러 공연을 하루 앞두고 대구로 내려가려고 준비를 하는데 제일 펄쩍 뛰는 것은 의사였다.

의　사 : 무슨 소릴 하는 겁니까? 지금 절대로 안됩니다. 이번 공연만
　　　　하고 영원히 그만둘 겁니까? 나도 교회를 다니지만 지금은 고
　　　　집보다 지혜가 필요할 때입니다. 다리를 모두 고치고 앞으로
　　　　두고두고 성극을 해야지, 제발 미련스럽게 그러지 마세요.

임동진 : 관객은 뭐가 됩니까? 성극은 또 뭐가 되구요? 일반 연극이라
　　　　면 의사인 당신이 됐다고 해도 내가 안 합니다. 연기자는 몸이
　　　　생명인데… 하지만 이건 성극입니다. 하나님과의 약속이죠.

의　사 : 그럼, 좋습니다. 당신 맘대로 하세요. 하지만 혹시 모르니까 대
　　　　구에 내려가기 전에 엑스레이를 하나 찍어 둡시다. 그리고 올
　　　　라오자마자 또 엑스레이를 찍어봅시다. 더 나빠지지는 않았나
　　　　확인해 보자는 거죠.

임동진 : 그런 건 얼마든지 좋습니다.

공연하는 날 역시 대구 공연장에는 관객들로 입추의 여지가 없었
다. 잠시 후 공연시작을 알리는 종소리가 울리자 웅성거리던 관객
들은 곧이어 펼쳐질 무대를 기대하면서 숙연해 졌다. 그런데 무대
는 밝아지지 않고 2층에서 조그만 스포트라이트 하나가 무대를 비
치더니 그 조명 안으로 주최 측의 한 사람이 걸어 나오는 것이 아
닌가?

그러더니 그분은 마이크에 대고 그간의 일련의 사건내용에 대해
서 자세히 설명했다. 왜냐하면 아무래도 임 장로의 연기가 자연스
럽지 못할 테니 양해하고 봐달라는 것이었다.

그러자 객석에서는 공연이 시작되기도 전에 우레와 같은 박수소
리가 터져 나왔다. 아마도 공연이 끝나고 치는 관객들의 박수소리

는 많이 들어봤어도 공연이 시작되기도 전에 박수가 터져 나오는 것은 그 연극이 처음이 아니었을까 생각된다.

그리고 잠시 후 무대의 조명은 들어왔고, 연기자들이 나와 대사를 읊기 시작했다. 바로 왕도 나오고, 애굽 백성과 이스라엘 백성이 나오고, 이어서 모세가 등장했다. 물론 목발은 모세의 커다란 옷 속에 감추었지만 뒤뚱거리는 걸음걸이만으로도 임 장로가 얼마나 고통 속에 연기를 하는 것인 줄 금방 알 수 가 있었다.

객석에서는 어느새 임 장로의 한 발자국 한 발자국 움직일 때마다 "오, 주여!" 하는 소리가 여기저기서 들려왔고, 눈물을 훌쩍거리며 흐느끼는 사람도 있었다. 이제까지 수많은 무대에서 수많은 대사를 읊어 봤던 임 장로였지만 그 날 그때의 공연만큼 자신과 관객이 한마음 되어 감동과 은혜의 열기가 가득찬 공연은 정말 처음이었다.

가나안에 입성하지 못하는 모세가 여호수아에게 하나님의 말씀을 전하고 나서 "이 세상사람 다 날 몰라도 당신께서만 아신다면 됩니다. 오, 주여…" 하던 마지막 대사에선 관객이 이제까지 참았던 눈물을 한꺼번에 터뜨렸다. 공연장은 갑자기 눈물과 통성기도의 도가니로 변해 버렸다.

무대 뒤에서도 임 장로를 비롯한 모든 연기자들이 서로 손을 붙잡고 흐느끼고 있었다. 어느새 분장실로 찾아온 대구지역의 목사님들이 또다시 임 장로의 발을 붙잡고 기도를 하기 시작했다. 한마디로 대구공연은 성황리에 마친 것이다.

서울로 돌아오는 비행기 안에서 그동안 참았던 발의 통증이 또다시 밀려오기 시작했다. 발목은 이미 금방이라도 터져 버릴 것 같이 부푼 풍선처럼 부어 있었고 디딜 수 없을 만큼 아파 왔다. 그는 실내등을 모두 끈 캄캄한 비행기 안에서 조용히 기도를 했다.

"하나님, 이제 공연은 모두 끝났습니다. 이젠 제 다리를 어떻게 하셔도 좋습니다. 영원히 못쓰게 하시든지 마시든지… 하지만 세상사람들은 빨리 내 다리가 나아서 드라마 촬영을 마무리 지어 주기를 바라고 있는데, 만약 내가 성극을 하느라고 다리가 더 악화되어서 영원히 드라마를 못 찍게 된다면 얼마나 하나님을 우습게보겠습니까?"

공항에 내리자마자 임 장로는 곧바로 병원으로 달려갔다. 병원에선 벌써 그가 도착했다는 소식을 듣고 엑스레이를 찍을 준비를 하고 있었다.

임 장로는 자꾸만 아파 오는 발목을 침대에 내려놓은 채 엑스레이를 찍었다. 그리고는 마치 잘못을 저지르고 처벌만을 기다리는 학생처럼 아무소리 안하고 필름이 나오기만을 기다리고 있었다.

그런데 잠시 후 병실 밖에선 뭔가 심상치 않은 일이 터진 듯 웅성거리는 소리가 들렸다. 임 장로는 속으로 '아이쿠, 드디어 올 것이 오는구나' 하는 맘이 들었다.

"장로님, 장로님!"

여간해선 그렇게 호들갑스럽게 큰소리를 치는 의사가 아닌데도 불구하고 저렇게 난리가 난 걸 보면 분명히 사고가 터져도 보통 사고가 아닌가 보다 하고 임 장로는 더욱 불안해 지기 시작했다. 잠시 후 의사가 손에 엑스레이 필름을 들고 들어왔다.

의　사 : 장로님 이게 뭐예요? 이거 어떻게 된 겁니까?

임동진 : 왜요? 뭐가 어떻게 됐길래 그러시는 겁니까?

의　사 : 이건 정말 기적입니다.

임동진 : 기적이라뇨?

의　사 : 이틀 동안에 완전히 다리가 붙었습니다. (그러면서 의사는 엑스레이 필름 두 장을 임 장로 눈앞에 내밀었다) 보십시오. 이거 보이십니까?

임 장로는 약간 어안이 벙벙해서 두 장의 필름을 번갈아 보았다. 이게 웬일인가? 바로 그저께 공연을 하러 대구에 내려가기 직전에 찍은 필름엔 다리의 뼈가 부러져서 하얗게 금이 간 것이 너무도 선명하게 보였는데, 바로 조금 전에 찍은 엑스레이 필름엔 하얀 줄은 커녕 완전히 말끔하고 깨끗한 상태로 바뀌어 있는 것이 아닌가?

의　사 : 장로님, 더 이상 망설일 필요 없습니다. 이건 하나님의 기적입니다. 당장 내일 깁스를 풀어버립시다. 그래도 된 다니까요.

순간 임 장로의 눈에는 눈물이 주르륵 흘러 내렸다. 그리고는 입에서는 연실 "주여" 소리가 나왔다.

"하나님, 당신은 정말로 저를 사랑하시는군요. 감사합니다."

그 짧은 순간에 방송국에서 하루빨리 다리가 낫기만을 기다리고 있을 여러 스태프들의 얼굴이 하나씩 떠오르기 시작했고, 그러면서 감격과 자신감에 넘친 혼잣말이 나왔다.

"자 봐라, 하나님의 기적은 바로 이런 것이다. 하나님은 이런 분이시다."

그리고 나서 정확히 일주일 뒤에 다리의 깁스를 풀었다. 다리를 다친 후 3개월 뒤로 촬영날짜를 다시 잡아놨었는데, 한 달도 채 안되어 방송국으로 전화를 했다.

임동진 : 내 다리 다 나았으니까 마저 촬영합시다.
P D : 무슨 소리를 하는 거요? 큰일날 소리를 하고 있네 정말….

카메라맨은 한술 더 떠서 옆에서 겁을 줬다.

카메라맨 : 나도 예전에 골절상을 입어봐서 아는데 이건 정말 큰일 날
         소리야. 당신 나이도 있는데 괜히 고집 부리지 말고 더 있
         다가 하자구. 이건 20대의 젊은 청년이 그렇게 다쳤다고 해
         도 안되는 소린데….
임동진 : 일단 촬영날짜를 잡아 보면 알 꺼 아닙니까?
P D : 좋아. 그럼 다음주 월요일 날 촬영합시다.

약속날짜에 촬영장으로 임 장로는 나타났다. 그것도 아주 보무도 당당하게… 마치 고등학생이 교련시간에 제식훈련 받듯이 아주 씩씩하게 말이다. 그러자 모든 사람들이 임 장로를 놀란 눈으로 쳐다봤다.

촬영하는 동안에도 역시 기적과 놀라움의 연속이었다. 물론 임 장로는 속으로 '이 정도쯤이야 하나님의 기적 중에서 아주 기초적인 거라구' 생각하면서 웃었지만….

다행히 작품도 아주 여유 있게 훌륭히 촬영하게 되었고, 시청률도 높아서 방송국은 입이 벌어지고 임 장로는 만나는 사람마다 그때 그 사건을 얘기 해 주었다.

"자, 보라구. 우리 하나님은 이런 분이야, 그러니까 당신도 어서 예수 믿어."

탤런트 **나한일**

★ '사랑과 영혼'의 주인공과 같은 경험을 한 남자

"하나님은 정말 계십니다. 내가 그 증인이라니까요!
내가 오늘날 스타가 된 것도 바로 하나님이 계시니까 된 거라니까요.
정말이에요!"

'사랑과 영혼'의
주인공과 같은
경험을 한 남자

방탕의 늪에서 허우적거리던 어거스틴이 어머니 산타모니카의 눈물어린 기도로 새 생활을 찾게 되고 마침내 성자가 되었던 것처럼, 어머니의 기도 때문에 훌륭하게 성장한 사람으로 탤런트 나한일 씨를 꼽을 수 있다.

드라마 '무풍지대', '검은 휘파람'에서 호쾌한 액션연기를 실감나게 보여준 해동검도의 왕자 나한일 씨는 새벽마다 아들을 위해 기도하고 있는 어머니의 기도가 아니면 단 한시도 버티고 서 있을 수 없다는 것을 잘 안다.

마치 이스라엘 백성이 르비딤에서 아말렉과 싸울 때 모세가 산꼭대기에 올라가 손을 높이 들고 기도하면 이스라엘 백성이 이기고 손을 내리면 아말렉이 이겼던 것처럼 말이다.

이같이 어머니와 사랑하는 아내 유혜영 씨의 기도빨(?)을 체험한 사건 하나를 소개하면….

언젠가 서울의 어느 뒷골목에서 저녁 늦게까지 야외촬영을 끝내고 다음날 아침부터 강원도에서 있을 촬영을 위해 밤늦게 이동할 때의 일이었다. 물론 강원도에서의 촬영이 다음날 아침부터였기 때문에 굳이 밤에 출발하지 않았어도 될 일이었다. 아내도 역시 밤길이 위험하니까 다음날 일찍 출발하는 것이 어떻겠느냐고 말렸지만 그의 고집을 말릴 수 없었다.

강원도에서 스태프들이 언제나 도착할까 목이 빠지게 기다리고 있을 것이라는 것을 뻔히 알기 때문에 나한일 씨는 차라리 내가 조금 피곤하고 고생하는 것이 그들을 안심하게 하는 것이라고 생각하고 일단 출발했던 것이다.

워낙 온몸으로 연기를 하는 스타일이라 촬영이 끝나면 녹초가 되는 나한일 씨는 강원도로 가는 승용차의 뒷좌석에 앉자마자 그냥 쓰러져서 잠이 들고 말았다. 안전벨트도 매지 않은 채 말이다. 그렇게 얼마나 갔을까? 너무 피곤해 꿈도 꿀 겨를 없이 헤매고 있을 때 갑자기 꽝하는 소리가 들리더니 차가 사정없이 흔들리는 것이 아닌가? 밤길에 속력을 내고 달리다가 그만 도로 위에 굴러 떨어진 커다란 돌멩이에 바퀴가 튕겨졌던 것이다.

그 충격으로 승용차는 그만 강원도 고갯길에서 십여 미터 아래로 굴러 떨어져버린 것이다. 험악하기로 악명 높은 강원도 고갯길에서 굴렀으니 오죽했을까. 더군다나 새벽길이었으니 속력은 있는 대로 냈을 텐데….

그런데 기적이 일어났다. 나한일 씨는 정신을 차리고 몸을 일으켜 세우려고 했는데 몸이 전혀 움직이질 않는 것이었다. 처음엔 차가 사정없이 찌그러져서 자신의 몸이 꽉 끼었을 줄로만 알았는데, 자세히 보니 안전벨트로 몸이 아주 튼튼하게 묶여져 있는 것이 아닌가? 차에 탈 땐 전혀 매지도 않았던 안전벨트였는데….

안전벨트를 풀고 밖으로 나와 보니 차는 형체를 알아볼 수 없을 정도로 찌그러지고 박살나고… 정말 그 안에서 살아 나왔다는 그 자체가 믿어지지 않을 정도였다. 게다가 자신의 몸은 아무리 살펴보아도 뚜렷하게 아픈데도 없이 머리털 하나 다치지 않은 상태로 말이다.

그는 처음에 자신이 다치지 않은 것이 그저 평소에 다져놓은 운동실력 때문이라고 생각을 했었다.

운전사는 기절을 했는지 앞좌석에 엎드려 아무런 움직임도 보이질 않았다. 사방은 칠흑처럼 어두워 앞을 분간할 수조차 없었다. 다행히 주머니 속에 있던 핸드폰은 망가지지 않고 작동이 되었다. 얼른 서울의 집으로 전화를 걸었다. 몇 번 신호가 가는데도 아내는 전화를 받지 않았다.

"잠을 자느라고 못 받는 건가?"

다시 전화를 걸었다. 그랬더니 이번엔 아내가 전화를 받았다.

그리고는 대뜸 하는 말이…

부 인 : 당신이죠?

나한일 : 응, 나야.

부 인 : 별일 없어요?

나한일 : 무슨 별일?

부 인 : 사고 같은 것 안났어요?

나한일 : (순간 깜짝 놀라며) 아니 어떻게 알았어? 지금 차가 굴렀는데….

부　인 : 많이 다쳤어요?

나한일 : 근데 그게 참 희한해, 차는 박살이 났는데 나는 다친 데가 하나도 없거든?

부　인 : 당연하죠. 하나님이 지켜주고 계신데.

나한일 : 당신 어떻게 알았어?

부　인 : 당신이 강원도 가신다는 말을 듣고 잠을 잘 수가 있어야죠. 그래서 조금 전부터 기도하고 있었어요. 근데 전화벨이 울릴 때 벌써 감이 오더라구요. 하나님이 당신한테 경고하시는 거예요. 그러니까 이번 주부터 제발 교회 좀 빠지지 말란 말예요.

나한일 : (혼잣말로) 정말 귀신이 곡할 노릇이네.

　정말 귀신이 곡할 노릇이다. 다른 사람에게 얘기를 해봐야 믿지도 않을 것 같은 얘기, 아니 얘기를 해봐야 정신 나간 사람 취급받기 딱 알맞은 얘기를 그는 경험한 것이다. 나중에 알고 보니 그가 사고났던 그 시각에 어머니와 아내는 새벽에 일어나 아들과 남편의 안전을 위해 새벽제단에 엎드려 기도를 하고 있었다고 한다.

　지금은 고인이 되셨지만 장로님으로서 신앙 안에서 생활하셨던 아버지, 그리고 권사님으로서 지금도 아들을 위해 기도를 하고 계시는 어머니, 이 두 분의 고결한 신앙을 보며 성장했던 나한일 씨는 한때 하나님보다 자기 주먹을 믿으라고 큰소리치던 때도 있었다.

　젊은 시절 자신의 잘생긴 외모와 탄탄하게 단련된 체격만 믿고 겁없이 천방지축으로 부모 속을 썩였던 것이다. 거기에다 운동한다고 3년씩이나 절에서 생활하기까지 했으니 부모 속이 오죽했을까?

그러다가 기독교방송국에 들어가 성우생활을 시작하게 되자 제일 좋아했던 사람은 역시 어머니였다. 아들이 속을 썩이다가 직장에 취직한 것이 다름 아닌 기독교방송이었으니 당연히 신앙이 좋아질 줄 알았던 것이었다.

하지만 정작 본인은 천만의 말씀, 성우로써 커다란 꿈을 갖고 시작한 방송생활이었는데도 불구하고 기껏 배역을 맡는다는 것이 드라마의 백성 1. 2. 3 같은 엑스트라였던 것이다. 그래서 다른 성우들이 예수님 역 맡아 근엄한 목소리로 대사를 할 때 나한일 씨는 "와와~" 하는 함성이나 지르고 있으니 자연히 방송생활이 짜증날 수밖에 없었다.

아침마다 직원예배가 있는데 그 예배에 참석하기 싫어서 엘리베이터도 안타고 어슬렁거리며 9층까지 걸어 올라가 예배가 끝날 때쯤 해서 얼굴을 빼꼼히 내밀 뿐이었다.

거기에다 365일 매일밤 술을 먹고, 새벽이면 운동하러 간다고 졸린 눈을 비비며 일어나기를 몇 년, 마침내 병이 생기기 시작했는데 병원에선 당장이라도 입원하지 않으면 큰일나겠다고 엄포를 놓기까지 했었다.

하지만 하나님은 정말 확실히 나한일 씨를 사랑하셨나보다. 서로 뜨겁게 사랑해서 결혼한 부인 유혜영 씨의 아버님은 목사님이셨고, 장모님은 권사님이셨고, 이모님은 전도사님이었으니 말이다.

아내의 끈질긴 설득과 기도로 다시 한 번 하나님의 사랑을 깨달은 나한일 씨는 다시 교회에 나가기 시작했다. 역시 결혼을 하고 나서도 생각만큼 신앙이 뜨거워지지는 않았다. 일요일만 되면 "누가 날 안 불러 주나?" 하면서 괜히 스케줄 수첩을 뒤적이기도 했었는데, 하나님께선 그 버릇도 사이판 사건 이후로 완전히 고쳐주셨다.

어느 날, 사이판으로 촬영을 하러갔다가 그만 호텔방에서 텔레비전을 보다가 소파에 잠이 들었다. 잠결에 자신의 몸이 서서히 굳어지는 걸 느끼면서 숨이 멎어 간다는 것을 느꼈다. 워낙 더운 나라이기 때문에 에어컨을 틀어 놓았는데, 그만 그 에어컨 바람으로 인해 질식사를 할 뻔 하게되는 순간이었다.

숨이 점점 막혀 오는 것 같아 눈을 뜨고 벌떡 일어났더니 이게 웬일인가? 침대에 죽어 있는 자신의 모습이 보이는 것이었다. 마치 영화 '사랑과 영혼'에서 패트릭 스웨이지처럼 말이다.

그리고는 하늘에서부터 하얀 빛줄기가 바닥을 향해 비췄는데, 그는 왠지 그곳을 향해 걸어가야만 한다는 생각으로 가득 찼다. 그러다가도 또다시 문득 '저 빛을 따라 가면 영원히 죽는 건데'라는 생각을 하게 되었고 '갈 땐 가더라도 내 목에 걸고있던 십자가 목걸이를 가져가야 한다'는 생각도 하게 되었다.

그래서 자기가 죽어 있는 소파 바로 옆에 풀어놓은 십자가 목걸이를 집기 위해 돌아섰는데, 놀랍게도 자신의 육신 곁엔 보기에도 끔찍한 마귀형상의 동물들이 우글거리면서 접근을 막는 것이 아닌가?

너무나 놀란 그는 날렵한 동작으로 마귀의 손을 피해 간신히 십자가 목걸이를 손에 쥐게 되었고, 그 십자가를 마구 흔들자 마귀들이 기괴한 소리를 내며 도망가더라는 것이었다. 그리고는 자기도 모르는 사이에 다시 자기 몸으로 들어갔고, 눈을 떴을 땐 목걸이가 손에 들려 있었다. 분명히 잠들기 전에는 꼭 풀어놓던 목걸이였는데….

마치 전설의 고향에서나 나올법한 이야기, 그리고 억지로 꾸며낸 이야기 같지만 너무도 생생하게 체험한 그는 이런 얘기를 그저 가슴속에 간직하고 있다. 그냥 혼자서 '하나님이 나에게 빨리 돌아오라고 재촉하시는 것 같다' 라는 생각을 할 뿐이다.

묵직한 연기를 잘 소화해 내는 것처럼 입도 묵직해서 여간해선 말을 잘하지 않는 그 이지만 하나님이 존재하느냐는 얘기만 들리면 입에 침이 튀도록 열변을 토한다.

"하나님은 정말 계십니다. 내가 그 증인이라니까요! 내가 오늘날 스타가 된 것도 바로 하나님이 계시니까 된 거라니까요. 정말이에요!"

탤런트 **서승현**

★ 영화보고도 은혜를 입는다구요

"하나님, 제가 잘못했습니다. 그동안 인기와 명예만을 쫓으며 살아온
이 못난 인간을 깨닫게 해주시기 위해 이 영화를 보여 주신 것이죠?
하나님, 지금 이 순간부터 다시 내 마음속에 하나님을 모셔들이겠습니다."

영화보고도
은혜를
입는다구요

어떤 사람은 길을 걷다가 땅바닥에 떨어진 성경책의 한 페이지를 주워 읽다가 그만 감동을 받아서 예수를 영접했다는 사람도 있고, 또 어떤 사람은 길을 가다가 남의 집 창문 너머로 들려오는 찬송소리를 듣고 옛 신앙을 되찾았다는 얘기를 가끔 듣는다.

그만큼 하나님의 부르심은 어떤 방법으로 어떤 계기를 통해서 하시게 될지는 모르지만, 좌우간 예수께 돌아왔다는 사람들의 얘기를 들어보면 별 희한한 방법도 다 있다.

그 중에서도 한편의 감동적인 연극이나 영화가 관객의 인생을 변화시킨다는 사실을 입증한 사람이 바로 탤런트 서승현 씨이다.

잘 모르는 사람들은 아주 오래 전 TV드라마 '야 곰례야'에서 똑순이의 엄마이면서 곰상맞은 여편네(?) 역할을 아주 맛깔스럽게 연기하던 서승현 씨가 요즘은 통 TV에 안나오는 줄 알지만, 공교롭게도 그는 많은 사람들이 교회에 가서 예배드릴 때, 모든 사람들이 분주해 있을 그때쯤 방영되는 시골드라마 '대추나무 사랑 걸렸네'에서 아직도 연기의 건강함을 보여주고 있다.

서승현 씨는 아주 어렸을 적부터 교회를 다닌 뿌리 깊은 신앙인이었다. 그래서 크리스마스 때만 되면 머리에 수건을 쓰고 마리아 역할을 하며 성극을 공연하기도 했었고, 재주 많은 소녀답게 피아노를 치며 캐럴을 멋들어지게 부르던 학생이었다.

그리고 배화여중, 배화여고를 거쳐 대학마저도 미션스쿨인 연세대를 나왔으니 청소년 시절 신앙교육 하나는 확실히 받았던 소녀였었다. 그런데 문제는 특별활동 내지는 취미활동으로 시작한 연희극회에 발을 들여놓으면서부터 신앙과는 거리가 멀어졌던 것이다.

피아노가 전공이었으면서도 연기에 푹 빠져버린 그는 대학을 졸업하면서 탤런트의 길로 들어선 것은 어쩌면 자연스러웠던 일일 것이다.

오래 전부터 그저 가슴속에만 묻어두었던 연기의 끼가 서서히 그 빛을 발하면서 아주 자연스럽게 머리 속에 남아있던 하나님의 모습은 서서히 지워져갔고, 그렇게 십 몇 년 간을 까마득히 하나님을 잊고 있었던 것이다.

그런 속에서 한 번은 딸과 함께 절에 여행 갔을 때 사진을 찍어주는 사진사가 탤런트가 왔으니 기념이라며 딸과 함께 불상 앞에 서 있는 모녀를 찍어 커다랗게 사진으로 뽑아 그 절의 입구에 전시까지 되었던 적도 있었을 정도였다.

그러던 어느 날, 남들은 크리스마스다 해서 들뜬 분위기에 백화점 쇼핑을 다니고 파티를 찾아 헤매는 크리스마스 이브 때, 그는 왜 그랬는지 그날따라 침대에 걸터앉아 텔레비전을 켰다. 잠시 후 화면에는 '성탄절 특선외화'라는 자막과 함께 근사한 음악이 흐르고 영화가 시작되었다. 제목은 영화 '로미오와 줄리엣'을 만든 이탈리아의 유명한 영화감독 프랑코 제퍼넬리가 감독한 '나사렛 예수'라는 장장 5시간이나 되는 대작 영화였다.

"아, 크리스마스니까 종교 영화를 보여주는 거구나. 더구나 5시간짜리라니… 하기야 크리스마스 연휴인데 누군들 방송국에 나와 일하고 싶겠어? 아예 긴 영화 테이프 하나 걸어두고 길게 시간 메꿔보자는 것이겠지."

이렇게 혼잣말을 하며 영화를 보기 시작했다.

한 번 책을 읽기 시작하면 여간해선 손에서 책을 놓지 않고, 영화를 보기 시작하면 쉽게 그 영화 속의 세계로 빨려 들어가길 잘하는 그에게 그 영화는 그의 엉덩이를 꼼짝없이 침대에 붙들어 놓았다. 그리고 시간이 흐르면 흐를수록 그의 두 손은 자연스럽게 모아졌고, 어느새 그의 입에선 저절로 "오, 주여!" 하는 소리까지 튀어 나왔다.

그러면서 그의 머리 속엔 그 옛날 교회학교에서 배웠던 성경말씀이 정확히 반추되어 정리되는 것이 아닌가?

"주님은 우리를 위해 저렇게 눈물을 흘리셨는데… 나는 그동안 주님을 손톱만치도 생각하지 않았으니… 내가 죄인입니다."

그는 눈물 샘이 터져 버렸고 숨이 턱까지 차 올랐다. 마침내 예수님이 로마병정들에게 채찍질을 당하시고 십자가를 진 채 비틀거리며 골고다를 향하는 장면, 예수님의 손바닥에 못을 쾅쾅 박는 장면에선 그만 비명을 지르고 말았다. 그리고는 침대에 엎드려 소리를 지르면서 하나님께 기도한 것이다.

"하나님, 제가 잘못했습니다. 그동안 인기와 명예만을 쫓으며 살아온 이 못난 인간을 깨닫게 해주시기 위해 이 영화를 보여 주신 것이죠? 하나님, 지금 이 순간부터 다시 내 마음속에 하나님을 모셔들이겠습니다."

누가 이 장면을 봤다면 도저히 이해할 수 없는 상황이었겠지만, 그 장면은 바로 하나님이 대본을 쓰시고 연출하신 장면이었다. 다만 배우에 서승현 씨를 택하셨고, 소도구로 텔레비전을 이용했을 뿐이다.

정확히 그 다음주 주일날, 서승현 씨는 누가 시키지도 않았고, 누가 잡아끌지도 않았는데 자기 스스로 교회를 찾아갔다. 마침 예배가 막 시작된 뒤라 맨 뒷좌석에 살그머니 앉았다. 마치 서승현 씨가 들어오기를 기다렸다가 시작이라도 하는 듯이 찬송가가 울려 퍼졌다.

"나 주를 멀리 떠났다 이제 옵니다.
나 죄의 길에 시달려 주여 옵니다.
나 이제 왔으니 내 집을 찾아
주여 나를 받으사 맞아 주소서"

영락없이 자신의 처지를 알고 부르는 노래처럼 서승현 씨는 그 순간 또다시 눈물이 주르르 흘렀다. 별명이 수도꼭지일 정도로 워낙 눈물이 많은 그였지만, 그 날의 눈물은 정말 주체할 수 없을 만큼 멈출 줄을 몰랐다.

이렇게 영화 한편으로 인해 서승현 씨는 신앙을 되찾게 되었고,

지금도 그 영화의 마지막 장면을 잊지 못하고 있다고 한다.

서승현 : 아직도 그 영화 못 보신 분 계세요? 비디오 대여점에 가면 있
어요. 끔찍한 폭력영화 보지 마시고 차라리 그런 비디오를 보
시라구요. 그래야 나도 이 다음에 기독교 영화에 출연하죠.

탤런트 **박용식**

★ 대머리도 하나님의 뜻입니까?

"그 모든 시련이 당시에는 너무 고통스러웠지만 지금 와서 생각해보니
하나님이 다 저보고 기도하라고 하신 것 같아요.
이제 기도라면 연기보다 더 프로가 됐다니까."

대머리도
하나님의 뜻입니까?

안 믿는 사람들은 흔히 팔자 탓, 사주 탓, 조상 탓, 손금 탓을 많이 하는데, 예수님을 아주 열심히 믿으면서도 얼굴 탓을 해야 했던 사람이 있었으니 그 사람은 바로 탤런트 박용식 집사이다.

정말 마른하늘에 날벼락 치듯 어느 날 갑자기 박용식 집사에게 찾아든 시련의 신호탄은 방송국 로비에서 시작되었다. 제5공화국이 들어설 무렵 만나는 사람마다,

"어이 박형, 어제 뉴스시간에 나온 그 사람하고 너무 똑같다. 혹시 친척 아닌가?"

이렇게 농담을 던지고 지나갈 때만 해도 그저 '별일이야 있을까?' 했을 정도였었는데 시간이 점점 흐르면서 그의 마음 한구석에 은근한 두려움이 몰려오기 시작했다.

'정말 내가 보기에도 너무 똑같은데… 혹시 사람들이 잘못 알아

보고 나에게 인사라도 하면 어쩌지?'

　그리고 나서 얼마 후 마치 짜여진 대본에 의한 순서처럼 그에게 날아든 것은 방송출연 자제요청이었다. 말이 출연 자제요청이지 사실은 텔레비전의 화면에 일체 얼굴을 내밀지 말라는 사형선고나 다름없었다. 이유는 단 한 가지, 너무 닮았다는 것뿐이다.

　연기가 너무 좋아 다니던 대학도 중간에 포기한 채 연기자가 되었고, 군대에 갖다오면 연기의 맥이 끊길까 봐 90Kg이던 몸무게를 1년 사이에 10Kg이나 늘려서 병역 면제를 받아내기까지 했었는데… 돈 때문에 아무 연기나 하는 싸구려 연기자가 되지 않기 위해 연기생활을 시작하면서 참기름 가게까지 차려놓고 정말 연기력이 필요한 작품에만 출연하는 참다운 연기자가 되는 것이 바로 그의 목표였는데 그 꿈을 꺾어 버리다니, 단지 머리가 벗겨지고 닮았다는 이유 하나만으로….

　박용식 집사는 그때처럼 매일 밤 교회의 지하실에 엎드려 눈물 흘려 기도해 본적이 없다고 한다.

　"하나님, 도대체 제가 무슨 죄를 지었습니까? 저는 이제까지 진실한 연기 그것 하나 바라보고 살아왔습니다. 그리고 제 인생을 아름답고 성실하게 살려고 노력해 왔습니다. 그런데 왜 저에게 이런 고통을 주시는 겁니까? 왜 제 머리를 벗겨 놓으셨습니까? 왜 닮게 만드셨느냐구요?"

　마치 얍복강에서 눈물로 밤새워 기도했던 야곱처럼 허구한 날을 그렇게 눈물과 콧물이 범벅된 처절한 기도로 지새웠다. 목소리를 빼앗긴 앵무새처럼, 그리고 붓을 빼앗긴 화가와 같은 처지가 되어 버린 박용식 집사는 하는 수 없이 손톱 밑에 기름때 잔뜩 끼인 채

오토바이로 기름 배달을 다녀야만 했다.

한겨울에 버스 뒤를 따라가다 "부웅~" 하고 내뿜는 매연을 그대로 뒤집어쓰기가 일쑤이고, 얼음판 위를 달리다 미끄러져 기름병이 박살나기도 하고, 그럴 때마다 박용식 집사는 그저 먼 하늘만 바라보며 허탈한 웃음을 지을 수밖에 없었다.

아무리 세상이 좁다고는 해도 마침 기름 배달간 식당 안에 얼마 전까지만 해도 함께 연기를 했던 동료 탤런트들이 즐겁게 웃으며 회식을 하다가 박용식 집사와 눈이 마주쳐 졸지에 식당 안이 썰렁한 분위기가 되어 버리는 일도 있었다.

할머니 때부터 교회를 나가던 집안에서 태어나 한 번도 자신이 크리스천임을 잊지 않고 살아온 박용식 집사는 스물세 살의 젊은 나이에 탤런트가 되면서 슬며시 교회생활에 방학을 맞이했다. 아무래도 물불 안 가리는 나이에 연예활동까지 시작했으니 세상맛에 군침을 흘릴 때가 아닌가?

그렇게 몇 년을 어머니의 근심 속에 교회를 멀리하다가 지금은 고인이 되신 코미디언 출신 곽규석 목사의 전도로 연예인교회에 나가기 시작했다. 다른 연예인들은 거의 승용차를 타고 예배를 드리러 왔지만, 박용식 집사는 여전히 기름 때 묻은 90CC 오토바이를 타고 교회를 찾았다. 마치 돌아온 탕자와 같은 심정이었기 때문에 그까짓 오토바이는 대수가 아니었던 것이다.

그렇게 멀리했던 주님을 다시 찾은 지 얼마 되지 않아서 박용식 집사에게 시련이 시작된 것이다.

박용식 : 내가 세상에 태어나서 그때처럼 하나님 앞에 매달리며 울면서

기도해 본 적도 없습니다. 늘 원망과 하소연뿐이었죠. 그런데 어느 날은 갑자기 이런 생각이 듭디다. 그동안 모든 것이 내가 잘나서 연기자가 된 줄로 알았고, 난 늘 내 자신에 대해서 자신감에 차 넘쳤어요. 하지만 하나님이 가로막으시면 안된다는 것을 그제서야 깨달은 것이죠. 먼저 내가 겸손해야겠다. 그리고 하나님이 준비해 놓으시는 계획대로 믿고 살아가 보자. 아, 이것도 하나님이 나에게 뭔가 커다란 계획을 보여주시려는 것일 게다. 그러니까 맘이 한결 홀가분해지더군요.

그러면서 박용식 집사는 다가오는 어떠한 시련도 정면으로 대응하리라 맘먹었다.

'언젠가는 반드시 내가 저분의 역할을 연기하게 될 거야'라는 생각을 가지고는 뉴스시간마다 나오는 대통령의 목소리와 표정, 그리고 제스처를 하나하나 연구하고 분석해 나갔던 것이다.

그리고는 틈만 나면 중앙일간지와 정치 분석 잡지를 들여다보며 정치사를 연구하고 공부해 나갔다. 그 모든 것이 나중에 정치드라마를 할 때 큰 보탬이 되리라 믿었기 때문이다. 아니나 다를까 그 당시 박용식 집사의 예견은 너무도 정확히 맞아 떨어졌다.

전　화 : 여기 방송국인데요. 박용식 씨 맞죠?
박용식 : 예. 그런데요.
전　화 : 이번에 제4공화국이라는 정치드라마를 준비중인데 박 선생님
　　　　께서 주인공을 좀 맡아 주셔야 할 것 같습니다.
박용식 : 정말입니까? 아이쿠 할렐루야!

이제 박용식 집사는 시련과 아픔을 겪은 뒤에 더욱 더 성숙된 연기의 모습으로 우리 앞에 다시 섰으며, 때를 맞은 연기자처럼 농익은 중년 연기자로서의 그 맛을 TV에서 여지없이 보여주고 있는 것이다.

> 박용식 : 그 모든 시련이 당시에는 너무 고통스러웠지만 지금 와서 생각해보니 하나님이 다 저보고 기도하라고 하신 것 같아요. 이제 기도라면 연기보다 더 프로가 됐다니까요.

어쨌든 박용식 집사는 그 길고도 긴 겨울잠 끝에 해빙기를 맞이했고, 그동안의 설움을 한꺼번에 보상이라도 받는 듯이 여기저기 많은 드라마에 출연하게 되었는데 이젠 또 다른 고민이 생긴 것이다.
그렇게도 하나님께 다시 연기할 수 있게 해달라고 밤마다 교회 지하실에 엎드려 기도를 했다가 이제 그 소원을 이루고 있는데 고민은 또 무슨 고민이란 말인가?
"여기저기에서 출연 부탁이 많이 들어오니까 정말 살맛 나대."
"그럼 됐지, 고민은 무슨 고민입니까?"
"근데 말이야. 요즘 들어오는 배역이 주로 주먹 세계의 보스 역할이거든."
"주먹 세계의 똘마니 역할을 하는 것보다야 훨씬 낮지 뭘 그래요?"
"이 사람아, 내가 주먹 세계의 보스 역할을 하면 허구한 날 텔레비전에 담배 피우는 모습이 나가고 술 먹고 사람 때리는 장면이 나갈 텐데, 난 정말 그러고 싶지 않거든 내가 이런 역할을 하려고 그동안 하나님께 기도한 게 아니란 말이야."

"연기인데 뭘 어때요?"

"아무리 연기라도 영 내키지 않는데… 왜 이런 성경구절도 있잖아. '범사에 헤아려 좋은 것을 취하고 악은 모든 모양이라도 버리라'(살전 5:21-22) 그런데 난 그 모양을 버리기는커녕 오히려 악한 모습을 더 멋있게 보여주는 연기를 해야 하니 하나님께서 얼마나 싫어하시겠느냔 말이야."

"그렇다고 연기자가 어떻게 날마다 좋은 역할만 해요?"

"보스 역할은 그렇다고 치자, 하지만 주지 스님 역할은 좀 심하지 않아? 아무리 내 머리가 시원하게 벗겨졌다 하더라도 스님이 뭐냔 말이야, 명색이 나도 집사인데."

참으로 순진한 박 집사, 누구라도 아무 생각 없이 주지 스님이고, 주먹 세계의 우두머리를 가리지 않고 스타가 되는 길이라면 만사 OK 이었을 텐데, 박 집사는 성경말씀이 늘 마음 한구석에 걸렸었는가 보다.

박용식 집사의 고민은 정말 심각했다. 적어도 본인에게는 말이다. 이제까지 하나님만을 섬기며 연기의 달란트도 하나님께서 주신 것이라고 늘 감사하던 그인데 수많은 사람들이 지켜보는 텔레비전 드라마에서 장삼을 입고 목탁을 두드리며 주지 스님 역할을 한다는 것은 '영 아니올시다' 라고 생각했던 것이다. 더구나 교회의 집사로써 덕이 되지 못한다는 얘기다. 박용식 집사가 그 같은 고민을 하는 데에는 남모르는 또 다른 이유가 있다.

"언젠가 달마가 어쩌고저쩌고 하는 영화가 외국에서 상을 받은 적이 있었지? 그 영화에 나오는 스님 역할을 맡은 연기자가 사실은 연기라고는 한 번도 해 본 적이 없는 교회의 장로였다지 뭐야. 그런데 어쩌다 감독의 눈에 들어서 머리 깎고 스님 역할을 맡았는데, 그 영화가 개봉되자마자 갑자기 돌아가셨다고 그러더라구, 건강하던 양반이 말이야."

그의 염려는 좀 심했지만 어쨌든 그의 고민은 그냥 웃어넘길 일이 아니었다. 적어도 본인한테는 아주 심각한 문제였으니까 말이다.

"목탁 두들기며 '나무 관세음보살'을 외워 댈 수도 없는 일이고, 하지만 그렇다고 해서 연기자가 배역에 불만을 나타낼 수도 없는 일이다. 작은 배역이란 없다. 다만 작은 연기만이 있을 뿐이다. 진정한 연기자라면 큰 배역이든 작은 배역이든 상관하지 않고 자기 배역에 애정을 갖고 충실히 소화해 내야 하는 것이 아닐까? 그런데 예수쟁이라고 해서 이 배역은 이래서 안되고, 저 배역은 저래서 안된다는 등 말이 많고 이유가 많으면 도대체 드라마가 어떻게 이루어진단 말인가. 드라마라는 것이 원래 주인공이 있으면 조연도 있고 엑스트라도 있는 것이고, 또 형사가 있으면 범인이 있는 것인데 모두가 주인공만 하고 형사 역할만 하려고 한다면 드라마가 어떻게 이루어질 수 있겠느냐는 말이다. 가령 성극의 경우를 놓고 보더라도 그렇다. 다윗의 일대기를 다루는 연극에서 모든 연기자들이 다윗을 맡으려고 한다면 누가 하나님을 조롱하는 블레셋 군사를 맡을 것이며, 누가 다윗을 비웃는 골리앗을 맡는다는 것인가? 마찬가지로 일제 시대 때 신사 참배를 거부하다 순교하신 주기철 목사님의 이야기를 성극으로 꾸몄을 경우 예수쟁이 연기자들이 모두 주기철 목사님 역할만 맡으려 한다면 누가 간교하게 신사 참배를 주동하는 친일파 목사 역할을 맡을 것이며, 주기철 목사를 끌어다가 물고문을 하는 일본 순사 역은 누가 맡는단 말인가. 이렇게 자기 신앙만 고집하고 자기 중심적인 배역만 선호한다면 아마도 이 땅의 드라마는 제대로 이루어질 수 있는 것이 하나도 없을 것이다."

달리는 차안에서 나의 얘기를 들은 박용식 집사는 그런 대로 고개를 끄덕이며

"그래, 내가 어딜 봐서 주지 스님 분위기야? 인자한 목사님 같지, 안 그래?" 하며….

"하나님, 이렇게 하나님의 뜻을 따르려고 애쓰는 박 집사가 목사님이나 교회의 직분자 역할을 할 수 있도록 어서 빨리 기독교 드라마가 많이 생길 수 있게 해주세요. 그래야 이런 걱정하지 않고 신명나서 연기할 수 있지 않겠습니까?"

탤런트 **강석우**

★ 찬송 부르다 죽으면 좋지

거룩한 주일예배가 진행되고 있는 대예배실,
모두가 자리에서 일어나 한목소리로 찬송을 부르고 있을 때
그 중에서도 한 옥타브 높여서 유난히 큰 목소리로 찬송을 부르는 남자가 있다.

찬송 부르다
죽으면 좋지

    거룩한 주일예배가 진행되고 있는 대예배실, 모두가 자리에서 일
어나 한목소리로 찬송을 부르고 있을 때 그 중에서도 한 옥타브 높
여서 유난히 큰 목소리로 찬송을 부르는 남자가 있다.

    그것도 어쩌다 한 번 그렇게 큰 목소리의 찬송이 들리는 것이 아
니라 매주일이면 어김없이 빠지지도 않고 튀는 목소리가 들리는
것, 얼마나 그 목소리가 크던지 그 커다란 대예배실의 전체 성도들
이 찬송을 부르다 말고 '도대체 누가 저렇게 혼자 잘난 척 하는 거
야?' 하면서 고개를 돌려 기웃거릴 정도니까 어느 정도의 큰 목소
리인지 대충 짐작할 수 있을 것이다.

    오죽하면 담임목사가 강대상에서 찬송을 부르다가 그 큰 목소리
의 기세에 눌려 주춤거렸을까. 그런데 바로 그 기차화통을 삶아먹
은 듯한 목소리의 주인공이 바로 미남탤런트 강석우 집사라는 사

실을 안다면 놀라지 않을 수 없겠지.

　그래서 강석우 집사의 아내를 비롯한 모든 식구들이 하루는 그에게 하소연을 했다.

부　　인 : 여보, 제발 조용히 좀 부를 수 없어요? 우리 모든 식구들이 당신하고 함께 예배드리기가 창피해 죽겠단 말예요. 우린 찬송 부르는 시간이 기쁨의 시간이 아니라 고문의 시간이라구요. 사람들이 모두 쳐다보잖아요.

강석우 : 무슨 소리를 하는 거야? 내가 찬송을 크게 부르겠다는데 누가 뭐래? 뭐라고 그러는 사람 있으면 나오라고 그래.

부　　인 : 누가 뭐라는 게 아니라 좀 작게 부르자는 거죠.

강석우 : 이것 봐, 찬송은 힘 있게 부르는 거야. 지금 내가 부르는 것도 사실은 소리가 작아. 주일날 아침은 평소보다 밥을 더 많이 먹고 힘을 내서 더 큰 소리로 찬송을 불러야 한다구.

부　　인 : 아무리 그래도 그렇지. 혼자 예배드리는 것도 아니고 여러 사람이 함께 드리는 예배인데….

강석우 : 내가 잘못하는 게 아니라 작게 부르는 다른 사람이 잘못된 거래두.

부　　인 : 참 너무 하시네.

강석우 : 회사에서 야유회다 친목회다 해서 놀러 갈 때는 고속버스 안에서 목이 터지라고 가요 불러 대고, 그 다음날이면 목이 쉬어서 말도 제대로 못할 정도잖아. 그러면서 예배드릴 때는 며칠 동안 밥도 못 먹은 사람처럼 축 쳐져서 부르는 게 말이나 되는 소리냐구?

부　　인 : 그래도 그렇죠. 너무 크잖아요. 당신이 교회서 찬송 부르는 것을
　　　　　옆에서 보면 겁이나요. 목에 핏대를 잔뜩 세우고 얼굴은 시뻘겋
　　　　　게 달아올라서 금방이라도 혈압으로 쓰러질 것 같단 말예요.
강석우 : 찬송 부르다 죽으면 좋지 뭐. 여러 소리 말고 당신도 나처럼
　　　　　크게 불러. 잔말말구.

　부드럽고 따스한 이미지의 남자, 언젠가 침대광고에서 보여주었
던 푸근하고 그윽한 커피향이 묻어나올 것만 같은 남자 강석우 집
사는 자신의 연기 이미지처럼 가정적인 면에서나 대인관계에서도
역시 부드럽고 자상하기로 얘기하자면 단연 챔피언 감이다.

　평소에는 절대로 화를 내거나 딱딱한 투로 말을 하는 적이 없지
만 신앙적인 면에선 부드러운 것하고는 정반대이다.

　강석우 집사 앞에서는 히틀러조차도 독재자라는 명함을 내밀었
다가는 망신을 당할 정도로 거의 신앙의 독재자와 같다고도 볼 수
있을 정도이니까.

　"여러 소리 말고 큰소리로 찬송하라면 해!"

　이렇게 힘주어 말하면 그 다음엔 아무도 그의 말을 거역하지 못
한다.

　그것은 강석우 집사의 아내 나연신 씨가 결혼을 앞두고 당한(?)
일에서 이미 낌새를 차리고 있었던 일이기도 하다. 원래가 나연신
씨는 천주교 신자였지만, 믿음 좋은 강석우 집사가 가만 놔둘리가
있겠는가? 언젠가는 반드시 신앙 통일 문제를 짚고 넘어가려고 맘
을 먹고 있다가 결혼을 며칠 앞두고 강석우 집사가 느닷없이 물었
다.

96

강석우 : 나하고 결혼하고 싶지?

나연신 : 그야 당연하죠. 날짜까지 잡아놨는데….

강석우 : 아무리 날짜를 잡아놨어도 결혼 못하는 사람 여럿 봤어.

나연신 : 어머, 협박이셔.

강석우 : 그래, 협박이다.

나연신 : 도대체 뭘 갖고 그러시는 거예요?

강석우 : 성당에는 그만 다니고, 나하고 같이 교회에 나가는 거야.
다음주부터… 싫으면 결혼이고 뭐고 그만두고….

나연신 : 어쩜 그렇게 독단적이세요?

강석우 : 이건 타협해서 될 문제가 아니니까. 한 집안에 두 종교를 갖고
있다는 건 말도 안되고.

나연신 : 그래도 어떻게 십여 년을 다니던 성당을 하루아침에….

강석우 : 다른 건 몰라도 그런 문제는 화끈한 게 좋다구. 하지만 다른
건 다 내가 사랑으로 감싸 줄 테니까 걱정말라구.

나연신 : 약속하시죠? 지금 그 말?

강석우 : 나중에 당신 묘비명에 이렇게 적힐 거야. 여기 이 세상에서 남
편의 사랑을 너무 많이 받아 감격에 겨워 살다가 죽은 여인이
잠들다. 어때?

참, 말이나 못하면 밉지나 않지. 이렇게 얘기를 살살 녹게 하는데
안 넘어가는 여자가 어디 있을까?

나연신 씨는 정말 결혼한 후 그 다음주부터 당장 강석우 집사와
함께 교회를 나가게 되어 크리스천이 되었는데… 아무리 십여 년
성당에 다녔던 사람이라 할지라도 강석우 집사의 신앙태도 중에

정말 이해할 수 없는 일을 또 부딪히게 되었다.

부 인 : 봉투에 넣는 게 뭐예요?

강석우 : 뭐긴 뭐야? 헌금이지?

부 인 : 무슨 헌금을 그렇게 많이 내요?

강석우 : 이 사람이 왜 헌금 갖고 말이 많아?

부 인 : 당신도 좀 정신 차리세요? 당신이 지금이나 강석우지. 나이 먹
      고 흰머리 성성해져도 강석우인 줄 아세요? 돈벌 때 모아놓을
      생각을 해야지, 그렇게 돈을 펑펑….

강석우 : 당신 그런 소리하면 못써. 이건 십일조야, 십일조는 성도의 의
      무라구.

부 인 : 난 도저히 십일조 같은 것 못 내겠어요. 당신이 얼마나 고생해
      서 벌어온 돈인데 십분의 일씩이나 떼어서 갖다 바쳐요? 난
      못해요.

그 당시만 해도 나연신 씨는 믿음이 깊지 않았던 때였기에 그런
생각을 갖는 것도 무리는 아니었겠지만 강석우 집사는 한 마디로
딱 부러지게 잘라 말해 버렸다.

"이건 명령이야. 십일조 떼라면 떼!!"

이제까지 연애해오면서, 그리고 결혼생활 해오면서 단 한 번도
그렇게 딱딱하게 얘기해 본적이 없는 남편에게서 명령의 말을 들
었을 때 나연신 씨는 놀랄 수밖에 없었다.

그렇다. 강석우 집사는 이 세상에서 가장 달콤한 대사를 많이 외

우고 있는 남자 중에 하나다. 그리고 아내에게 어떤 포즈로, 어떤 분위기에서 어떤 대사를 해야 가장 행복해 할 것인지를 가장 정확히 아는 남자가 바로 강석우 집사이다. 하지만 자신의 신앙과 가족의 신앙에 대해서만은 한치의 양보나 부드러움을 허용치 않는 것이다.

그래서 강석우 집사의 외적인 이미지에서 전혀 느낄 수 없는 단호한 모습과 격한 목소리를 듣고 싶다면 주일날 전화를 걸어 약속을 하면 된다.

감　독 : 강석우 씨, 이번 주일날 지방촬영 있는데 가야겠어.
강석우 : 안됩니다. 주일엔 교회가야 합니다.
감　독 : 에이 그러지 말고 시간좀 내. 교회는 다음주일에 가도 되잖아.
강석우 : 그런 소리하실 거면 전화 끊습니다. 딸깍!

이런 대쪽같은 믿음을 가진 남편이기에 이제 부인 나연신 씨는 누가 뭐래도 십일조 하나만큼은 아주 철저하게 바치고 있다. 물론 단 한 마디의 명령이 있은 뒤에 부인의 귓가에 소곤대며 부드럽게 설명해준 대사가 더욱 포근하게 들렸기 때문이다.

"여보, 우리가 번 것 중에 일부를 떼어서 바친다고 생각지 말고 아무것도 없는 상태에서 십분의 아홉을 얻었다고 생각해 봐. 그럼 십일조가 아깝지 않을 거야."

가수 **태진아**

★ 하나님이 나를 엄청 사랑하나봐요

'아! 하나님은 날 이토록 사랑하시는구나.
늘 방언으로 기도하라구 그렇게 오래 전에 그런 이름으로 지어 놓으셨구나.'

하나님이
나를 엄청
사랑하나봐요

사울이 자기의 이름을 바꿨을 때 하나님의 더 많은 사랑을 받았 듯이 연예인들 중에는 대중의 더 많은 인기를 얻기 위해 본명보다 는 예명을 사용하는 경우가 많다.

누가 뭐래도 우리나라 트로트 3인방 중에 이 사람을 절대 빠뜨릴 수 없는 사람인 가수 태진아 집사도 자기의 호적상 이름은 조방헌 이다.

지금으로부터 20년 전 태진아 집사가 가요계에 데뷔할 무렵, 자 기의 이름을 곰곰이 생각해 보니 아무리 부모님이 지어준 이름이 라지만 연예인으로 대성하게 될지도 모르는 사람의 이름치고는 여 간 촌스러운 것이 아니었다.

'오늘의 초대손님을 모시겠습니다. 한국인의 정서를 가장 잘 표 현하는 국민가수, 조방헌 씨를 모시겠습니다.'

'조방헌, 조방헌…' 한참이나 생각을 해보고 또 생각을 해봐도 촌스러운 것은 사실이었다. 아니 촌스럽다 못해 한심하기까지 했으니… 그래서 생각해 낸 것이 이름을 바꾸기로 한 것이다.

"그래, 스타가 되려면 예명을 만들자. 어차피 나훈아 씨도 본명은 최홍기였고, 당대의 스타 패티김도 패티페이지를 본딴 예명이었으니 나도 예명을 하나 만들자. 그나저나 예명을 뭐로 하지?"

이런 결론에 다다른 그는 당시 최고의 인기와 미모를 가졌고, 자신이 흠모했던 탤런트 태현실 씨의 '태' 자와, 하늘 높은 줄 모르고 인기가 치솟고 있었던 남진, 나훈아 씨의 끝 자를 따서 만들어 낸 이름이 바로 태진아였던 것이다.

이렇게 일류급 스타의 이름 중에서 한자씩 따서 만든 이름이니 스타가 안될 리가 있나? 비록 데뷔할 당시에는 빛을 보지 못했지만 십 수년이 지난 지금에야 이름 바꾼 값을 톡톡히 해내고 있으니 말이다.

태진아 집사가 하나님께 관심 받고 있다는 것을 깨닫게 된 것은 미국에서이다.

언젠가 무일푼이 되어 미국으로 건너가 갖은 고생을 하다 '옥경이'로 유명한 이옥형 씨와 결혼을 했지만 배 굶기는 마찬가지. 서울에서 되는 일이 없어 돈 좀 벌고 새 인생을 살아보겠다고 미국에 건너갔는데, 그만 미국 땅에서 돈 벌어 모으는 일보다 나쁜 것들을 먼저 배워 버렸던 것이다.

아내가 어렵게 돈을 모아놓으면 그는 아내 몰래 돈을 빼내 환락과 도박의 도시 라스베가스로 달려갔던 것이다. 정말 마약보다 무서운 게 도박인데 그는 겁도 없이 몇 푼 안되는 돈을 믿고 뛰어 들었으니 얼마나 가소로웠을까(전문가들이 보기에)?

그는 돈이 떨어지면 다시 집으로 달려가 돈을 빼내오고… 이렇게 반복되는 일로 인해 아내와 사이가 좋을 리가 없었고, 집안 꼴도 말이 아니었다.

풍요의 나라 미국에서 이들은 그야말로 손가락을 빨아야 할 지경이 되자, 태진아 집사는 되레 큰소리치고 짜증을 부리며 허구한 날 술과 담배로 지새우기가 일쑤였다. 그런데 언제부터인가 태진아 집사에게 이상한 느낌이 들었다. 집에 들어가면 아내가 항상 없고 있다 하더라도 밤만 되면 슬그머니 나가서 새벽녘에야 들어오는 것이었다.

더 알 수 없는 것은 그의 아내만 슬그머니 나갔다가 새벽에 들어오는 것이 아니라 함께 지내던 장모님도 같이 사라지는 것이었다. 그래서 처음엔 뭔가 꼬투리가 잡히겠지 하면서 기다리다가 어느 날은 또다시 나가려는 아내를 잡아 앉히고 따져 물었다. 술이 잔뜩 취해서 말이다.

태진아 : 당신 도대체 왜 그러는 거야? 왜 밤마다 나가서 새벽에 들어오느냐구? 춤바람이 난 거야 뭐야?

부　인 : 바람요? 그래요, 바람났어요. 왜요?

태진아 : 어이구, 이제야 실토를 하는 구만. 좋아 이제 모두 끝났어!

부　인 : 끝나긴 뭐가 끝나요? 예수바람 났다는데요.

태진아 : 뭐라구? 예수바람? 예수바람은 바람이 아니냐? 잔소리 말고

앞으로 그딴 곳에 가지 말어. 알았어?

부　인 : (눈물을 흘리며) 이제까지는 나는 당신의 말이라면 무조건 순
　　　　종했어요. 하지만 이것만은 내 고집대로 해야겠어요.

태진아 : 글쎄, 웃기는 소리 말라구. 왜 갑자기 교회는 다닌다고 그래?

부　인 : 여보, 당신한테는 얘기하지 않으려고 그랬는데….

태진아 : 뭘?

부　인 : 어머니가 암이시래요?

태진아 : (술이 확 깨는 듯 놀라며) 뭐, 암?

부　인 : 네, 암이시래요.

태진아 : 이 사람아 그럼 병원에 가서 의사가 시키는 데로 해야지,
　　　　교회는 무슨 얼어죽을 교회야?

부　인 : 병원에서도 고치지 못하는 병이래요. 그래서 어머니와 제가 교
　　　　회를 나가는 거예요. 밤마다 철야기도회를 참석하려요. 죽은
　　　　사람 소원도 들어준다는데, 여보, 제발 부탁이에요. 우리 모녀
　　　　가 교회 나가는데 핍박하지 마세요.

그 얘기를 듣는 순간 태진아 집사는 갑자기 머리가 복잡해졌다.
암이라는 단어와 교회라는 단어, 그리고 죽은 사람의 소원이라는
단어가 머리 속에서 뒤죽박죽이 되면서 뭘 어떻게 해야 좋을지 몰
랐다. 그러더니 갑자기 자기도 모르게 입에서 튀어나온 말이,

"이봐, 그 교회 어디야? 나도 좀 가보자."

도대체 무슨 생각에 그런 말을 했는지 모르지만 그는 아내에게
함께 교회 가자고 제의를 하고 양치질을 해댔다.

세상에 태어나서 처음 가보는 교회, 그런데 조심스럽게 발을 들

여놓은 교회 안에서 펼쳐지는 장면을 보고 그는 그만 아연실색을 하지 않을 수 없었다. 땀을 뻘뻘 흘리며 손뼉치고 찬송을 부르는 사람에, 금방이라도 뒤로 쓰러질 것 같이 혈압을 올리며 소리를 지르고 기도하는 사람들을 보고 술이 확 깨더라나?

그 분위기에 눌려 집에서 지르던 혈기는 어느새 사라지고 다소곳이 부인 옆에 앉아 있었다. 원래가 집에서 부인한테 큰소리치던 사람이 많은 사람 앞에선 꿈쩍 못하는 법이 아니던가?

그때 목사님이 다같이 찬송가를 부르자고 제의를 했다. 부인은 아무소리 않고 찬송가를 펴서 남편에게 내밀었다. 그는 술기운 때문이었는지 오선지와 가사가 서로 엉켜서 눈에 들어왔다. 하지만 귀에 들려오는 찬송가의 가사는 그저 귀에서만 머무는 것이 아니라 가슴속 깊은 곳까지 파고드는 것 같았다.

"인애하신 구세주여 내말 들으사
죄인 오라 하실 때에 날 부르소서
자비하신 보좌 앞에 꿇어 엎드려
자복하고 회개하니 믿음 주소서
주여 주여 내 말 들으사 죄인 오라 하실 때에 날 부르소서"

찬송가 337장이 모두 끝날 때쯤 어느새 태진아 집사의 눈에선 눈물이 흐르고 있었다. 가수 태진아가 인간 조방헌으로서 가식된 모습과 쓸데없는 자존심과 허황된 세상 꿈을 모두 버린 채 순수하고 진실된 모습으로 두 손 들고 주님께 나아오는 순간이었다.

이제까지의 텅빈 마음에 주님을 새로운 주님으로 모셔들이려는 순간이었다. 이제까지 수많은 노래를 불러 보았지만 4절밖에 안되는 단 한 곡의 노래가 사람의 마음을 사정없이 휘잡아 버리다니…

걷잡을 수 없는 눈물이 계속해서 두 볼을 타고 내릴 때도 그의 머리 속엔 '세상에 이렇게 감동적인 노래와 가사가 있다니' 하는 생각을 버리지 못했다.

그리고는 자기도 모르게 찬송이 끝남과 동시에 입에서 기도가 터져 나왔다.

"하나님, 지금 저의 기도도 들어주시는 겁니까? 이제까지 주님을 모르고 제 멋대로 살아온 저를 용서하여 주십시오. 내 멋대로 살려니 너무나 힘이 듭니다. 가수로서의 생명도 모두 끝이 났고, 머나먼 이국땅에서 너무나 서럽고 배고프고 힘이 듭니다. 누구하나 위로해 주는 사람이 없고 도와준다는 사람도 없습니다. 지금 제 마음속엔 온갖 분노와 원망과 저주의 마음밖엔 없습니다. 단 한시도 편하게 사람을 대하고, 단 한시도 편하게 잠을 잔 적이 없습니다. 하나님, 이젠 당신께 모든 것을 의지하겠습니다. 그러니 저의 마음에 평안과 여유를 주십시오. 괴로워서 못살겠습니다. 이대로 가다간 정말 미쳐 버릴 것 같습니다."

난생처음 해보는 기도였지만 워낙 답답한 상황에서 터져 나오는 기도라 그런지 그칠 줄을 몰랐다.

바로 그때였다. 누군가 그의 머리 위에 손을 얹었다. 순간적으로 그는 자신의 온몸이 뜨거워지는 것을 느꼈다. 처음 보는 남자가 불쑥 교회로 들어와 술 냄새를 풍기더니 어느새 눈물과 콧물이 범벅이 될 정도로 통성기도를 절절이 하는 것을 본 목사님이 다가와 머리 위에 손을 얹고 기도를 해주셨던 것이다.

그 순간 그의 입이 꼬여 버렸다. 아무리 혀를 똑바로 펴서 기도를 하려고 해도 자꾸만 혀가 말려 들어가는 것 같았다. 아무리 술을 많이 마셨어도 그렇게까지 혀가 꼬부라진 적이 없었는데… 좌우간 뭔가 이상했다. 그러더니 혀가 본인의 의사와는 상관없이 자꾸만 엉뚱하게 움직이면서 이상한 말을 뱉어내고 있는 것이 아닌가?

"루루라라~ 루루라라~"

방언이 터진 것이다. 세상에 교회에 처음 나간 날, 그것도 술이 잔뜩 취해서 가던 날, 아내를 혼내 주기 위해 따라 갔던 날에 방언의 은사를 받다니… 하나님은 태진아 집사가 그렇게라도 교회에 나오기만을 기다리셨고, 마침내 제 발로 걸어 들어왔을 때 꼼짝 못하도록 자신의 포로로 만들어 버리신 것이다.

태진아 집사가 이렇게 거의 이성을 잃어 가는 모습으로 방언기도하는 모습을 보고 놀란 것은 당연히 그의 아내와 장모님이었다. 지금쯤 술에 곯아 떨어져 잠을 자고 있을 줄만 알았던 남편이 교회에 찾아 온 것도 놀랄 일이었는데 이젠 폭포수 같은 눈물을 흘리며 방언기도로 온 교인의 시선을 모으고 있으니 도대체 이게 무슨 조화인지… 그때 누군가가 아주 작은 소리로 얘기했다.

"방언이 터졌구나, 방언이야 방언."

"맞아, 방언이야."

방언으로 기도하는 자신을 보고 그냥 자연스럽게 주고받은 말이기에 전혀 기분 나쁜 말도 아닐 텐데, 기도를 하면서도 그 말만큼은 이상하게도 그의 귀에 들렸나 보다.

"아니, 아무리 내가 인기 떨어진 가수라고 해도 아직 까진 태진아로 알고 있을 텐데 나한테 방헌이라고 할 사람이 누구야? 그리고 설사 날보고 방헌이라고 해도 좋다 치자. 근데 방헌이 터졌다가 뭐야? 내가 이렇게 눈물 흘리며 기도한다고 방헌이가 터졌다고 하는

게 말이 돼? '조방헌 씨 눈물이 터지셨군요'라고 얘기를 해야 하는 게 아니야?"

"방언"이라는 기독교적인 단어를 미처 몰랐던 그가 방언이라는 말을 자기의 이름으로 착각한 것은 어쩌면 당연한 일일지도 모른다.

'아! 하나님은 날 이토록 사랑하시는구나. 늘 방언으로 기도하라구 그렇게 오래 전에 그런 이름으로 지어 놓으셨구나.'

그 뒤로 태진아 집사는 신앙을 소중히 키워서 그 교회에서 많은 일을 감당하는 일꾼이 되었고, 집사의 직분까지 받았다. 물론 장모님의 병도 고침 받게 되었다.

태진아 : 종철 씨, 내 얘기도 당신이 만들고자 하는 책에 실리게 되는가?

종　철 : 그야, 물론이지.

태진아 : 그럼, 이 얘기를 꼭 좀 실어 달라.

종　철 : 뭔가? 부담 없이 얘기하라.

태진아 : 앞으로 복음성가 테이프를 내려고 하는데 많이 사랑해 주세요.

종　철 : 좋다. 기대해 보겠다.

태진아 : 그리고 말야 이건 비밀인데….

종　철 : "뭔데?"

태진아 : 사실은 내가 교회 나가고 나서 한 달만에 하나님의 축복이 너무너무 고맙고 감사해서 그 교회의 앰프 시스템을 최고급으로 싹 바꿔서 설치해 주었거든….

종　철 : 할렐루야!

탤런트 **손지창 · 오연수**

★ 일요일은 참으세요

손지창, 오연수 씨는 일주일 내내 방송국에서
얼굴 마주보며 대본 외우고 연습하고 촬영을 하지만, 주일날에는
어김없이 교회에서 얼굴 마주보며 성가대에서 찬양을 드린다.

일요일은 참으세요

모두들 교회 가기 위해 바쁜 주일아침이면 어김없이 '일요일은 참으세요'라는 묘한 분위기의 제목으로 안방극장을 찾아와 티격태격 싸우기도 하다가 또 어떨 때는 낯간지러울 정도로 서로 "사랑한다느니, 보고 싶었다느니" 하면서 노총각·노처녀의 애간장을 태운다.

이 주인공들이 바로 젊은이들 사이에서 인기와 사랑을 받고 있는 미남미녀 텔런트 손지창, 오연수 씨이다.

이 두 사람은 이미 오래 전부터 한교회(여의도침례교회)에 다니기 시작했고, 함께 신앙생활을 해왔다는 사실을 아는 사람은 그리 많지 않다.

오연수 씨가 중학교 다닐 때, 아버지의 사업이 어려워져 실의에 빠져 있을 때 아버지의 제의로 온가족이 교회에 나가게 되었는데,

그 교회에 바로 손지창 씨가 학생 성가대에서 노래를 부르고 있었던 것이다. 물론 그 당시만 해도 손지창이란 인물이 연예계에 전혀 알려지지 않았던 때였다.

오히려 나중에 오연수 씨가 L제과의 초콜릿 CF에 출연할 때 손지창 씨는 먼발치에서 헛바닥을 내미는 엑스트라를 할 정도였다.

손지창 : 감독님, 정말 너무하십니다. 저하구 연수하고 틀린 점이 뭡니까? 저도 연수만큼 연기도 잘할 수 있다구요. 그리고 얼굴도 솔직히 못생긴 것은 아니잖아요.
감 독 : 임마, 내 눈이 보통 눈인지 알어? 난 한눈에 '저 사람이 스타가 될 지 안될 지'를 가려내는데는 선수란 말이야.
손지창 : 그런데 왜 절 못 알아보세요?
감 독 : 글쎄, 알아보니까 엑스트라를 시키지. 내 눈이 보통 눈이 아니라니깐!

그 감독의 눈은 정말 보통 눈이 아니라 보통 이하였다. 그 돌팔이 감독이 손지창 씨를 평가절하한 직후 자전거 CF에 주인공격으로 출연해 인기가도에 서서히 시동을 걸게 되었으니 말이다.

손지창 : 오연수, 어디 두고 보자. 나도 반드시 스타가 되어서 너와 함께 나란히 텔레비전에 얼굴이 나오게 될 것이다. 하나님, 저에게도 기회를 주십시오. 그럼 아주 보란 듯이 잘 해내겠습니다.

그래서 손지창 씨는 계획 속에서 스타가 되기 위해 노력하였고,

그 인기를 이용해 언젠가는 반드시 선교사업에 보탬이 되겠다는 생각을 가졌던 것이다. 하나님께 의지하며 생활을 하는 것은 오연수 씨도 절대 뒤지지 않는다.

오연수 : 엄마, 내가 모델 활동을 하는걸 하나님이 기뻐하실까?
엄 마 : 하나님은 너에게 다른 사람한테는 없는 아름다움을 주셨잖아, 그 대신에 무슨 일이 있어도 주일만큼은 철저히 지키고 신앙 양심에 어긋나는 일은 하지 않는 거야, 알았지?

하지만 연예계의 일이 어디 생각만큼 주일을 지키게 하고, 신앙 양심을 생각하게 하는 곳인가.

한 번은 모 월간지의 화보를 찍기 위해 야외로 나갔을 때 사진기자가 대뜸 오연수 씨에게 옷을 벗으라고 주문을 했다고 한다. 모두 벗는 것이 아니라 웃옷을 벗고 그 위에 가죽점퍼를 입은 채 지퍼를 모두 내려달라는 얘기에 아연해진 오연수. 절대로 그럴 수 없다고 버텨 보았지만 사진기자는 막무가내였다.

오연수 씨는 인상을 쓰며 발로 땅을 걷어차고 하늘을 쳐다보고 기도해 보기도 하고, 그러다가 금방이라도 울음이 터져 나올 것 같은 심정으로 복잡해졌다. 그리고는 화장품 가방(그 안에는 작은 성경책이 들어있음)을 집어들었다.

'도저히 이런 일을 할 수 없다. 하나님께서 분명 원치 않으실 것이다. 나보고 이런 일을 하라고 허락하신 게 아닐 것이다'며 그곳을 떠나려고 할 때 사진기자가 박수를 치는 것이 아닌가?

'설마 젊은 연예인들이 예수를 그렇게 까지 믿을까? 그저 부모님을 따라 주일날 예배에 참석하는 정도이겠지. 신앙이 깊어봐야 얼마나 깊겠어?' 라고 생각하며 사진기자는 신앙테스트도 해볼 겸 일부러 오연수 씨에게 화를 내게 한 뒤에 그 모습을 몰래 촬영했던 것이다.

이런 신앙을 가진 손지창, 오연수 씨는 일주일 내내 방송국에서 얼굴 마주보며 대본 외우고 연습하고 촬영을 하지만, 주일날에는 어김없이 교회에서 얼굴 마주보며 성가대에서 찬양을 드린다.

손지창 : 연수야, 너나 나나 지금의 우리가 된 것은 정말로 하나님의 축
　　　　복 아니니? 그러니까 절대로 주일을 어긴다거나 신앙생활을
　　　　게을리 해서는 안된다.
오연수 : 남 걱정 말고, 네 걱정이나 해라.

이 얼마나 아름다운 대화인가? 하지만 그들에게 커다란 유혹이 찾아온 적도 있었다. 하고많은 날들 중에서 하필이면 주일날 아침, 그것도 손지창, 오연수 씨가 성가대 연습을 마치고 이제 막 대예배를 드리러 예배당에 들어가려는 찰라였다.

감　독 : 전, CF감독입니다. 다름이 아니고 이번 신세대 부부를 위한 가
　　　　구 CF를 촬영하려고 하는데 두 분을 모델로 캐스팅하고 싶어서
　　　　말이죠. 모델료는 최상급으로 해드리겠습니다..
손·오 : 그래요?
감　독 : 그리고 촬영장소도 우리나라에서 가장 아름답다고 하는 집에

서 촬영을 하게 됩니다.

오연수 : 우와, 너무 좋겠다.

감　독 : 일단 광고만 완성되면 하루에 대여섯 번씩 방송이 될 거라구요.

손지창 : 우와!

감　독 : 그리고 계속해서 시리즈 광고를 만들려고 하거든요. 그럼 계속
　　　　 해서 두 분이 맡아서 출연해 주셔야 겠습니다.

손지창 : 그럼, 정말 좋죠. 근데 촬영이 언제죠?

감　독 : 그게 말이죠 촬영장소 사정 때문에 일요일로 잡혔는데요.

손지창 : 이런… 어떻게 하죠?

감　독 : 왜요? 지금까지 좋다고 했잖아요.

손지창 : 일요일은 안되요. '일요일은 참으세요' 라는 말도 몰라요?

오연수 : 그 말도 틀렸어. '주일은 참으세요' 우리는 주일날 예배를 드
　　　　 려야 한다구요.

주일날 돈을 벌려고 했던 사람들, 주일날 놀러가려고 했던 사람
들은 텔레비전을 켜고 채널 7에 고정시켜라. 그러면 이런 경고가
나올 것이다.

　'일요일은 참으세요'

116

★ 교도소에서 만난 하나님

"이제는 주 안에서 완전히 변화된 나의 생활 때문인지 얼굴마저도 바뀐 것 같아요.
전에는 내가 봐도 맡은 배역만큼이나 우락부락하고 겁나는 얼굴이었는데
이제는 기쁨과 평온한 얼굴로 바뀌었으니 더 잘생겨 보이는 것 같아요."

교도소에서 만난
하나님

아마도 이런 걸 가리켜서 세상사는 맛 나는 것이라고 하는 것일까? 정말이지 조형기 씨는 이 세상에 태어나 요즘처럼 세상사는 맛을 잘근잘근 씹으며 살아본 적도 없는 것 같다.

우선은 늦게 배운 도둑질에 밤새는 줄 모른다고 이 나이가 돼서야 뒤늦게 알아버린 하나님의 사랑이 너무 감격스러운 것이고, 또 요즘은 드라마건 예능 오락프로그램이건 간에 채널을 돌리는 곳마다 안 나오는 곳이 없을 정도로 시청자들의 사랑을 받게 되었으니 말이다.

직업 연기자가 하나님의 사랑으로 좋은 역할을 맡게 되고, 시청자들의 사랑을 받으면 더 이상 뭘 바라겠는가? 그런데 참 알 수 없는 것이 탤런트가 하나님을 영접하면 배역도 분위기가 싹 달라지고 성격도 싹 달라지는 것이다.

전에 주로 그가 맡은 역할은 착하고 곱게 보이지 않는 (조금은 살벌하게 생긴 얼굴 때문인지 몰라도) '사랑과 야망'에서처럼 툭 하면 아내(명자)를 구타해서 내쫓고 무위도식하면서 당구장이나 팔아먹는 난봉꾼 역할을 하거나, '배반의 장미'에서처럼 멀쩡한 사람을 승용차로 밀어서 장애인을 만드는 역할들뿐이었다.

그래서 어쩌다 아내와 아이들을 데리고 음식점을 가면 사람들이 쑤군대고 손가락질을 하는가하면, 어떤 사람들은 물론 자기들끼리 하는 얘기지만 "저런 나쁜 인간이 여긴 뭐하러 왔지?" 하는 소리가 들릴 때도 있었다고 한다.

요즘 세상에도 그런 사람들이 있는 걸 보면 아직도 순진한 사람들이 많다는 것이겠지. 그런데 요즘은 얘기가 좀 다르다. 아니 달라도 한참 다르다.

하지만 요즘은 조형기 씨에게 그 어떤 사람도 무위도식하는 무능력한 남자나 나쁜 일만 골라하는 사람정도로 보지 않는다. 그 대신 언제나 찾아가면 반가운 얼굴로, 그리고 장난기 섞인 얼굴로 맞이해 주는 삼촌처럼 큰형님처럼 친근감 넘치는 사람으로 바라본다.

그래서 요즘은 거리에서 만나는 사람들마다 "조형기 씨 반가워요. 너무 재밌어요." 하며 손을 내밀고 그야말로 어린아이에서부터 노인에 이르기까지 모두가 좋아하는 국민배우가 되었으니 이 얼마나 즐거운 일인가?

'아, 이래서 연기자는 좋은 성격의 역할을 맡으려고 하는구나. 바로 이 맛 때문에….'

따지고 보면 이런 기쁨과 세상사는 맛을 안겨준 분은 바로 하나님이시다. 물론 전에도 그는 특별히 남을 해코지한다거나 예전에

맡았던 배역 속의 인물처럼 난봉꾼도 아니었다. 그냥 평범하게 아내와 아이들과 함께 살아가는 한 사람의 건강한 대한민국 남자였고 연기자였다.

남들이 보기엔 별 탈 없는 그런 인생이었기에 어쩌면 인생 끝날 때까지 하나님을 모르고 살수도 있었을지 모른다. 겉모양과 포장은 아름답게 장식되어 있으면서도 정작 알맹이는 전혀 안 들어 있는 붕어빵이나 만두처럼 말이다. 그런데 하나님은 그에게 알맹이를 채워주시고 싶어 하셨던 것이다. 그것도 아주 알차고 단단한 알맹이를….

그 언젠가 무명시절에 조형기 씨는 그만 교통사고를 일으켜 남의 귀한 목숨을 빼앗고 말았다. 그로 인해 세상에 태어나 처음으로 교도소라는 곳을 들어가 보게 되었다. 아무리 나쁜 역할을 했어도 교도소에 들어가는 장면만큼은 찍어본 적도 없었는데 교도소는 그에게 연기가 아닌 현실로 다가온 것이다.

갑자기 세상 모든 것과 격리된 듯한 세월, 모든 사람이 자신을 잊어버리고 있는 것만 같았고 두려움과 외로움, 그리고 죄책감이 뒤범벅이 되어 하루도 잠을 편하게 이룰 수가 없었다. 그때 그는 무언가에 의지해야만 한다고 생각을 했고, 자연스럽게 그의 손에 잡힌 것은 성경이었다.

물론 그 안에 다른 책들도 많았지만 그가 성경을 집게된 것은 순전히 하나님의 계획이라고밖에 말할 수 없다. 처음엔 무슨 내용인가 싶어 뒤적여 봤지만 도대체 알 수가 없는 말들 뿐. 어느 한구석이고 재미를 붙여 들여다 볼만한 곳이 없는 책만 같았다. 그렇게 이 페이지 저 페이지를 뒤적거리다가 발견한 문구, 바로 이사야 49장 15절 말씀이었다.

"여인이 어찌 그 젖 먹는 자식을 잊겠으며 자기 태에서 난 아들을 긍휼히 여기지 않겠느냐 그들은 혹시 잊을지라도 나는 너를 잊지 아니할 것이라"

"세상에 어느 부모가 자기가 낳은 자식을 잊을 수 있을까? 설사 그렇다 하더라도 날 잊지 않겠다니… 하나님께서 날 잊지 않고 지금도 기억하신다는 말씀인가? 오, 주님…."

그날 밤 그는 통곡을 하고 울었다. 슬픔과 좌절과 고통의 눈물이 아니라 감격과 기쁨의 눈물이었다. 하나님은 그에게 그렇게 다가오셨던 것이다. 평생을 모른 채 살아갈 뻔했던 그분을 그가 찾아가 두드린 것이 아니라 그분이 그 좁고 차가운 방으로 찾아와 두들겨 주셨던 것이다.

그리고는 어떻게 소식을 들었는지 탤런트 임동진 장로와 TV 연기자 기독신우회 여러분이 면회를 와서 구멍 뚫린 유리벽을 사이에 두고 얼마나 울면서 함께 기도를 해주시든지… 그 이후로 계속해서 성경을 읽고 또 읽었다. 뿐만 아니라 함께 방을 쓰던 소년수들을 앉혀놓고 뭔가 좋은 얘기를 해줘야만 할 것 같아 성경을 읽어주었다. 그리고 아는 찬송가가 없어서 조금이라도 기억나는 찬송이 있는 아이가 흥얼거리면 우리 모두는 따라 부르며 배웠다.

"웬 말인가 날 위하여 주 돌아가셨나
이 벌레 같은 날 위해 큰 해 받으셨나."

찬송을 부르다가 음이 제대로 맞지 않는 것 같으면 찬송가를 들고 다니며 이 사람 저 사람에게 "이 찬송 혹시 아세요? 이 부분 어떻게 부르는 거예요? 이 벌레 같은··· 부분요."

그런 식으로 배운 찬송가. 그래서 그는 지금도 찬송을 부르면 자꾸만 눈물이 흐르곤 한다. 결코 짧지 않은 1년이란 기간동안 만약에 그에게 찬송가와 성경이 없었다면, 기도를 하지 않았다면 과연 어땠을까?

하지만 그는 이 세상에 태어나 가장 값지고 소중한 시간을 바로 그곳에서 보냈다. 평소엔 책도 잘 읽지 않던 그가 그 두꺼운 성경을 두 번씩이나 정독을 하게 되었고, 이제는 모르는 성경구절과 모르는 찬송이 없을 정도가 됐으니 이젠 누가 뭐래도 철저한 하나님의 사람이겠지.

비록 그의 무릎이 낙타무릎이 될 정도는 아니지만 그곳에서만큼 무릎을 꿇고 하나님께 기도드려 본 적이 없는 것 같다고 그는 말한다. 그렇게 1년 동안 하나님의 계획 속에서 철저히 재창조되어 나온 조형기 씨는 TV 연기자 기독신우회 동료들의 도움으로 신앙생활을 하고 있다.

월요일 아침이면 연기자들이 함께 모여 성경공부를 하고 수요일과 금요일 저녁엔 아무리 바빠도 아내와 함께 교회를 찾아간다. 그리고 지금도 차가운 바닥에서 고생하고 있을 재소자들을 위해 기도를 하며 그들에게 하나님의 복음을 들고 찾아 갈 수 있게 되기를 기도하고 있다.

마치 임동진 선배가 자신을 찾아와 주었던 것처럼 말이다.

조형기 : 이제는 주 안에서 완전히 변화된 나의 생활 때문인지 얼굴마저도 바뀐 것 같아요. 전에는 내가 봐도 맡은 배역만큼이나 우

122

락부락하고 겁나는 얼굴이었는데 이제는 기쁨과 평온한 얼굴로 바뀌었으니 더 잘생겨 보이는 것 같아요. 그렇죠? 내가 좀 심했나?

아니다. 절대로 심한 것도 아니고 정말 사실이다. 예수를 믿으면 얼굴이 바뀐다는 말이 맞다. 아니 바뀌지 않으면 그 믿음이 잘못된 것이겠지. 그리고 한 가지 더 확실한 것은 하나님은 그의 모든 것을 한꺼번에 바꿔놓았다는 사실이다. 그의 인생관도 인기도 명예도, 그리고 사는 즐거움까지도 갑절로 말이다.

영화배우

★ 내 이름이 이대근인 이유를 아십니까?

이대근 씨가 정말 대근(大根)이다.
다른 것이 대근이 아니라 신앙심의 뿌리가 깊고 크다는 얘기다.

내 이름이
이대근인
이유를 아십니까?

"하나님 믿고 부처님은 잘 믿으면서 나는 왜 안 믿으려고 그러는 거야? 하나님을 믿으려면 차라리 날 믿으란 말이야. 날 믿어!"

이런 대사를 거침없이 해대는 연기자, 사이비 종교집단인 백백교 의 실체를 낱낱이 파헤친 영화에서 이대근은 그 번뜩이는 눈초리 로 순진한 여자들에게 소리를 지른다. 어디 그것뿐인가?

"저 하늘에서 오래 살고 싶으면 나의 피를 받아야 하는 법이야. 나에게 몸을 바치는 자여, 그대에게 영생이 있을 지어다."

이런 얼토당토 않는 대사까지도 아주 거침없이 나온다. 이대근 씨의 연기는 그 정도로만 끝나지 않는다. 영화 '변강쇠'에서 스태 미나가 강한 남자로 등장해서 밤만 되면 어쩔 줄을 몰라 헤매는 연 기에 이르러서는 아주 압권이다.

이런 연기를 실감나게 하는 이대근 씨가 믿음이 둘째가라면 서러

위 할 정도의 신앙인이라면 정말 놀랄 것이다.

종철 : 그런 신앙심이 남다른 사람이라면서 변강쇠 출연은 좀 심하지
　　　않았나?

대근 : 영화 '변강쇠'의 감독은 내가 잘 아는 권사님의 아들인 엄종선
　　　감독이었기에 시나리오를 들여다 볼 생각을 한 것이지.

종철 : 아무리 그래도 그렇지 포르노성 영화는 좀 해도 해도 너무 했다.

대근 : 변강쇠로 출연하기로 맘먹게 된 것은 맨 마지막 장면에 장승을
　　　도끼로 내리찍는 장면이 있었기 때문인데 구체적인 신학지식은
　　　없어도 우상을 타파한다는 차원에서 나를 무척 흥분하게 했다.
　　　마치 아브라함이 그랬던 것처럼….

종철 : 그래서 영화 속에서 도끼를 휘두르는 모습의 이대근 씨는 정말
　　　달라 보인다. 근데 왜 그런 영화만 찍었는가?

대근 : 그건 정말 억울한 얘기다.

종철 : 억울하다니 그건 무슨 소린가?

대근 : 나는 그 당시 1년에 10편 이상의 영화에 출연했었다. 그 영화 중
　　　에는 주먹영화도 있고, 코믹영화도 있고, 교양영화도 있었다.
　　　그런데 그 많은 영화 중에 다른 것은 전부 흥행에 실패를 했어
　　　도 에로성 영화는 성공하였기에 많은 사람들의 입에 오르내리
　　　는 화제작이 되었다. 그러다 보니까 사람들은 내가 에로성 영화
　　　에만 출연하는 사람으로 알고 있는 것 같다. 사실은 그 점이 나
　　　도 불만이다.

종철 : 영화 '백백교'에 출연한 것도 그런 맥락인가?

대근 : 그렇다. 제작자가 사이비 종교집단의 문제점을 영화로 만들어서

알려주고 싶어하는데 아무도 출연하려고 하지 않았다. 그래서 내가 하기로 자원한 것이다. 더 이상 이 땅에 백백교 같은 사이비 집단은 없어져야 한다는 확신을 갖고 있다.

치켜 뜬 눈으로 젊은 사람의 반항기를 전문적으로 소화해 내는 연기자로는 이계인을 꼽고, 능글맞은 목소리로 유한부인을 유혹하는 배역은 고 추송웅 씨, 그리고 전과자라는 족쇄를 차고 열심히 살아가려 하지만 과거의 오점 때문에 사회의 외면을 받다가 또다시 범죄를 저지를 수밖에 없는 장발장 같은 역엔 이대근 씨를 떠올리게 된다.

그만큼 탤런트이자 영화배우인 이대근 씨는 두 눈에 사회에 대한 반항심과 순진한 휴머니스트의 서글서글함이 동시에 묻어 있다. 그래서인지 그는 악역을 맡아도 왠지 동정심을 줄 수밖에 없는 사람으로 묘사되는데 그 바탕엔 10여 년째 이르는 깊은 신앙심이 깔려 있기 때문이 아닐까?

이대근 씨가 바로 그런 사람이다. 그는 만나는 사람들마다 예수 믿고 천당에 가라는 얘기를 장황하게 늘어놓는다.

'변강쇠' 나 '원 플러스 식스' 와 같은 포르노적인 영화에 출연했다는 이유 하나로 그를 신앙적이지 못한 사람이라고 매도하는 사람도 있지만, 정작 본인은 그런 영화에서조차도 신앙심을 바탕으로 연기했다는 사실을 아는 사람은 흔치 않다. 뿐만 아니라 유교적인 전통과 구습보다는 인간의 사랑이 더 중요하다는 메시지가 그로 하여금 변강쇠 역할을 하게 한 것이다.

말끝마다 속으로 할렐루야를 되뇌이는 이대근 씨는 기독교 이단

종파의 비리를 파헤치는 영화 '백백교'에서처럼 이 땅의 사이비 종파에 대한 경각심을 일깨워 주는 시간이 어서 오기를 기다리고 있다.

이대근 씨가 정말 대근(大根)이다. 다른 것이 대근이 아니라 신앙심의 뿌리가 깊고 크다는 얘기다.

탤런트 **김성원**

★ 예배시간에 장난치면 안돼요

난, 나의 모든 걸 하나님께 맡겨버리고 산다.
관객이 오는 것도, 그리고 내가 연기를 하는 것도 모두 하나님이 하시는 일이고
와주시는 일이지, 내가 알아서 하려면 아무것도 못한다.

예배시간에
장난치면 안돼요

예배시간에 장난을 치면 하나님한테 벌을 받게 되든 골탕을 먹든 어쨌든 안된다는 것을 너무나도 잘 알고 있는 사람이 바로 탤런트 김성원 집사이다.

왜냐하면 본인이 예배시간에 장난치다 크게 당해본 적이 여러 번 있었기 때문이다. 겉으로 보기에는 근엄해 보이기도 하고 인자해 보이기도 하는 편이지만, 사실은 젊은 시절 때 장난하면 둘째가라면 서러워 할 정도였다.

어려서부터 어머니의 손을 잡고 심방을 따라다녀야 했던 어린 그는 강아지를 몹시 싫어했다. 한 번은 역시 어머니와 함께 교인의 집에 심방을 갔었는데 어머니가 마루에 앉아 무릎을 꿇고 기도하는 동안 그 얄미운 강아지를 혼내주려고 했던 것이다.

가지런히 빗은 머리에 쪽을 진 어머니가 눈을 감고 몸을 앞뒤로 흔들며 기도하는 동안 그는 그 강아지에게 다가가 두 눈을 똑바로 쳐다보며 똑같이 강아지 소리를 내며 눈싸움을 하려고 하는데, 그만 그 강아지가 달려들어 코를 깨물어 버린 것이다. 이 일로 해서 두 달간이나 콧잔등에는 개털을 붙이고 다녀야 했었다고 한다(개에 물린 데에는 개털이 좋다는 옛날 치료법에 따라).

이번에는 대학 시절의 장난을 소개하면, 성가대에서 테너를 했던 그는 주일 예배시간에도 장난을 했는가 보다. 장로님이 기도를 한참하고 있었는데 그는 눈을 뜨고 '누가 왔나?' 하며 휘둘러보고 있었다. 바로 그때 3살쯤 되어 보이는 아기가 입에는 웃음을 가득 머금은 채 아장아장 성가대 석으로 오는 것이 아닌가?

그러자 그는 그 아이를 향해 장난기 섞인 얼굴로 찡그려 보였더니 까르르 웃더라나? 이번에는 입을 쫑긋하며 뽀뽀하는 시늉을 했더니 그 아기가 다가와 입에 뽀뽀도 하고… 재미가 붙은 그는 이번에는 눈을 부릅떠서 사팔뜨기 흉내를 낸 것까지는 좋았는데, 그만 아기가 김성원 씨의 두 눈을 작은 손가락으로 푹 찌르고 만 것이다. 장로님이 열심히 기도하고 계시는데… 금방이라도 눈동자가 튀어나올 것만 같고, 아니 둘 중의 한 쪽은 이미 터져버린 것 같은 정도로 고통이 쏟아졌지만 소리를 지를 수 없었다고 한다.

핏물인지 눈물인지는 모르지만 얼굴에 뭔가 액체가 줄줄 흐르고, 그 자리에서 두 눈을 움켜쥐고 팔짝팔짝 뛰기를 얼마나 했을까? 잠시 후면 장로님의 기도가 끝날 텐데, 그리고 나면 목사님이 성경말씀을 읽고, 그 다음엔 성가대의 찬양이 이어질 텐데… 하지만 그는 기도시간에 아무 일도 없었던 척을 해야만 했다. 장로님의 기도가 끝나자 하는 수 없이 "아멘" 하면서 눈을 떴지만 눈은 역시 시뻘겋고 아직도 눈물이 줄줄 흐르는 것이었다. 사람들은 남의 속도 모르고 '김성원이가 장로님의 기도에 너무 은혜를 받았는가 보다' 라고 생각하는 것 같았다.

좌우간 김성원 집사는 그때부터 절대로 예배시간에는 장난을 치지 않는다고 한다. 예배는 거룩하고 엄숙하게, 그래서인지 그는 남들보다 훨씬 빠른 대학생 때 벌써 기독교방송국의 성우로 뽑혀 "예수님, 모세, 아브라함, 다윗" 같은 근사한 역만 맡아서 목소리 연기를 하다 마침내는 1971년 그 유명한 '여보 정선달' 이라는 프로그램에서 탤런트로서도 인기를 모았었다.

어려서부터 신앙교육을 확실히 받아온 터라 신앙의 뿌리가 확실한 김성원 집사는 그래서인지 매사에 낙천적이다.

종철 : 언젠가는 성극에 출연까지 하셨다면서!
성원 : 요셉의 이야기를 다룬 '어메이징 드림코트' 에서 요셉의 아버지 역을 맡아 했다.
종철 : 그때 남들은 관객이 없을까 봐 걱정을 할 때도 본인은 느긋 했다는데….
성원 : 난, 나의 모든 걸 하나님께 맡겨버리고 산다. 관객이 오는 것도, 그리고 내가 연기를 하는 것도 모두 하나님이 하시는 일이고 도와주시는 일이지, 내가 알아서 하려면 아무것도 못한다.
종철 : 우와 정말 기가 막힌 신앙이다.
성원 : 종철 씨가 나에 대해서 좋게 쓸지 나쁘게 쓸지 난 신경 안 쓴다.

하나님이 알아서 하실 일이니까. 만약에 나에 대해서 나쁘게 쓴
다면 하나님이 가만히 계실까?

종철 : 뭐라구요? 으아~

가수 **서수남**

★ 내 피부가 아직도 탱탱한 이유

사실 세상은 달라진 것이 하나도 없는데
서수남 장로가 그렇게 느끼는 것일 뿐이었다.
바로 예수라는 약이 들어가면 이렇게 송두리째 변하게 될 것을….

내 피부가
아직도 탱탱한 이유

언제나 밝은 표정으로 밝은 노래만을 주로 불러온 키다리 서수남 장로에겐 몇 가지 도대체 알 수 없는 미스터리가 있는데 그 중에 하나가 바로 나이이다.

종　철 : 우선 장로님 되신 걸 축하드린다.

서장로 : 뭐 그런걸 갖고… 어쨌든 감사!

종　철 : 그런데 그 교회는 장로님 되시는데 연령제한이 없나?

서장로 : 무슨 말씀을… 당연히 있지.

종　철 : 그런데 어떻게 새파랗게 젊은 사람이 장로를….

서장로 : 새파랗다니? 내가? 이래뵈도 쉰이 훨씬 넘은 나인데….

종　철 : 에이, 장로님께서 거짓말두! 내가 보기엔 이제 막 마흔을 바라 보는 나이 같은데….

서장로 : 정말이라니까. 우리 큰딸이 지금 대학에 다닌다구!

하기야 '동물농장' 부르고 '수다쟁이' 부르며 날리던 서수남 하청일 콤비가 언젯적 애기인데… 정말, 서수남 장로 본인의 입으로 애기한 것처럼 반세기를 살아온 그이지만 얼굴만 봐서는 도대체 세상의 풍상과는 전혀 거리가 먼 팽팽한 얼굴이다. 아니 아직도 어린 시절의 장난 끼가 잔뜩 묻어있는 것 같은 모습일 정도이다.

종 철 : 도대체 무슨 약을 드시길래 그렇게 피부가 탱탱하십니까?
서수남 : 약을 먹긴 먹지. 신약과 구약!

정말로 서수남 장로는 예수님을 믿고 신약·구약을 먹은 뒤로 얼굴이 몰라보게 달라졌다고 한다. 예수를 믿기 전, 그러니까 좀 더 자세히 애기를 하자면 대학을 7년 만에 졸업하고, 1972년에 결혼했을 당시에 찍은 사진을 보면 그야말로 꼴이 말이 아니다.

지금이야 얼굴에 적당히 살이 오르고 기름도 자르르 흘러서 부티나게 보이지만, 그때 찍은 사진에는 왜 그렇게도 비쩍 마른 몸매에 키는 볼품없이 크기만 하고 머리는 귀를 덮어 덥수룩한데다 얼굴은 오이지상과 같았다.

그런데다 더욱 가관인 것은 한 손에 든 통기타에 비키니 수영복을 입은 외국모델의 사진을 어디서 오렸는지 폼 나게 붙여놓고… 청바지를 입고 통기타를 들고 있는 모습은 영락없이 오십대, 아니 육십대로 보기에 충분할 정도였다.

그때는 그도 그럴 수밖에 없는 것이 DDR(딴따라의 고상한 표현)을 그만두고 공부나 열심히 하라는 홀어머니의 결사적인 반대를 피해 숨어서 노래를 할 때였으니 얼굴 편할 날이 없었던 것이다.

남편을 일찍 잃고 홀몸으로 삼대독자를 위해 기껏 고생만 하며 대학을 보냈더니 하라는 공부는 않고 기타 둘러메고 베짱이 마냥 노래만 하고 다닌다고 하면서 언젠가는 아예 기찻길에 두러 누우셨던 적도 있었다.

"내가 힘이 없어서 그 기타를 뺏어서 부숴 버릴 수가 없으니 아예 내가 죽어 버릴란다."

죽으라고 공부는 안하고 7년 만에 대학을 간신히 졸업한 서수남 장로는 그의 인생에 아주 결정적인 만남을 갖게 되는데 그 사람이 바로 하청일 씨였다.

두 사람은 꺼꾸리와 장다리의 캐릭터로 콤비 듀엣을 시작하게 되는데, 그 당시만 해도 듀엣 가수가 한창 유행하던 시절이었다. 그 때 아이디어맨 하청일 씨는 자신도 물론 기타는 칠 수 있지만 다른 듀엣처럼 똑같이 기타를 치는 것보다 자신은 차라리 하모니카나 작은 피리를 불면서 흥겹게 율동을 하겠다고 자청한 것이다.

그런데 바로 그것이 아주 정확히 맞아 떨어졌다. 두 사람이 부른 '동물농장'이라는 노래가 순식간에 한반도를 들썩이게 하면서 온통 멀쩡한 사람들을 "꼬꼬댁 꼬꼬", 아니면 "음머" 하는 동물로 둔갑하게 하더니 두 사람은 하루아침에 스타 중에 스타가 되어 버린 것이다. 물론 돈도 많이 벌게 되었다.

"어머니 이제 고생 그만하십시오. 돈 걱정을 마십시오."

빳빳한 종이돈을 어머니께 보여 드리며 자신의 DDR 인생을 허락해 달라고 했지만 어머니는 여전히 냉담하기만 하셨던 것이다.

그런데다 결정적인 불효를 한 가지 더하게 되는데 그것이 바로 결혼 사건이다. 1972년에 사랑하는 아내와 결혼한 것을 어머니께서 몹시도 못마땅하게 생각하셨던 것이다. 이유는 "여자의 얼굴이 너무 반반해서 언젠가 값을 하겠구나"였는데, 그런 어머니의 불만을 더욱 증폭시키는 일이 생겼다. 그것은 바로 그렇게 바라던 고추 달린 손주 대신에 딸을 낳고 말았던 것이다.

첫딸이야 살림밑천으로 태어났다 치더라도 그 다음에 또다시 둘째딸을 낳았을 땐 정말 서수남 장로도 앞이 캄캄해질 수밖에 없었다. 역시 섭섭함이 얼굴에 가득한 표정으로 "네 뱃속엔 딸만 들었냐?" 하면서 던지는 말 한 마디 한 마디들이 아내의 가슴에 사정없이 꽂혀 버렸고, 아내는 아내대로 쇼크를 받고 인생의 목표를 아들 낳는데 둔 사람처럼 변해 버린 것이다.

숨 돌릴 틈도 없이 그 이듬해 또다시 임신을 하게 되었는데 하늘도 무심하시지 이번에도 또 고추를 아내 뱃속에다 떼어놓고 나왔던 것이다.

그 길로 아내는 병원에서 퇴원하지도 못한 채 몸져누워 버렸고, 어머니는 어머니대로 지병이 악화되어 집에서 누워버리셨다. 이제 갓 세상에 태어난 아기부터 집에 있는 두 딸도 잔병치레가 유난히 많아 툭하면 소아과 병원신세를 지어야 했으니 집안 꼴이 말이 아니었다.

밤엔 동물농장 부르러 여기저기 가서 "꼬꼬댁"을 외치다 오밤중에 집에 들어오면 또다시 이 병원에서 저 병원으로 순회를 돌아야 했으니 그야말로 사는 게 사는 것이 아니었다.

"도대체 이게 무슨 꼴이람….."

혼자서 수없이 중얼거려 보았지만 그렇다고 해서 해결의 방법을 찾을 수도 없는 노릇이었다.

그럴 때일수록 서로가 힘이 되어주고 위로해 주고 사랑해주며 아껴주어야 할 텐데, 어머니는 오히려 "집안에 여자가 잘못 들어와서 그렇다"며 아내에게 화살을 돌렸고, 아내는 아내대로 살기 싫다며 얼굴에 웃음을 잃어버린 채 살아갔다. 더군다나 아내는 불면증에 시달리고 식욕부진에다 혈압도 낮아 툭하면 기절하기 일쑤고… 하도 속이 답답한 서수남 장로는 신당에 있는 용하다는 점쟁이를 찾아갔는데 하는 말이,

점쟁이 : "에구, 노랗구만 노래…."
서수남 : "뭐가 노랗다는 겁니까?"
점쟁이 : "자네 앞날이 노랗다는 거지, 얼굴에 다 쓰여 있다구."
서수남 : "제 얼굴에 뭐라고 쓰여 있습니까?"
점쟁이 : 우선 부모덕이 없구, 처덕도 없구, 자식덕두 없구. 그럼 끝났지 뭐, 안 그래?

세상에, 이렇게 가지가지로 안 좋을 수가 있을까? 그 집을 나선 서수남 장로는 하늘이 노랗게 보였다. 한숨이 끊이지 않고 계속 나왔다. 이제 어떻게 살아가야 하나? 유행가 가사처럼 인생을 지우개로 싹 지워버리고 다시 쓸 수만 있다면….

남들은 서수남 하청일 콤비가 하늘 높을 줄 모르게 인기가 치솟아 오르고, 전국이 좁다하고 뛰어 다니며 동물울음소리를 내는 사

람을 알아주면서 부러워했지만 사실은 속으로 이렇게 곪고 또 곪아 가고 있었던 것이다.

바로 그때 서수남 장로에게 구원의 메시지를 갖다 주신 분이 고인이 되신 후라이보이 곽규석 목사님이었다. 밤일하러 가는 밤업소에서 사회를 보고 있었던 곽규석 목사(그 당시엔 집사였다)는 틈만 나면 서수남 장로의 얼굴과 속맘을 알아차리고는 어서 빨리 주님께 돌아오라고 권면을 했던 것이다.

하지만 그렇다고 해서 어느 누가 바로 "그래요, 저도 가보고 싶어요, 교회가 어디 있죠?" 하면서 쫓아 나간 사람이 있겠는가. 그리고 그 당시에 곽규석 목사는 사업을 하다 망해서 그야말로 알거지 신세가 되어 사람들에게 쫓겨 다닐 때였다. 그런 사람이 전도를 했으니 그게 재대로 먹힐 리가 없었을 것이다.

서수남 장로는 속으로 '형님도 참, 그렇게 좋은 예수를 믿으면서 사업은 왜 망했수? 나도 형님처럼 쫄딱 망할까봐 교회 나가기 겁나 죽겠수' 했다.

하지만 곽규석 목사는 무대 뒤에서 틈만 나면 서수남 장로에게 성경말씀을 들려주었다.

"수고하고 무거운 짐 진 자들아 다 내게로 오라, 내가 너희를 쉬게 하리라"

"주 예수를 믿으라 그리하면 너와 네 집이 구원을 얻으리라"

그리고 나중에 안 얘기였지만 곽규석 목사는 서수남 장로와 그의 가족을 위해서 기도를 많이 하셨다고 한다.

이제는 더 이상 피할 수 없는 것 같은 예감, 뭔가 절박한 운명에 처한 것 같은 예감이 든 어느 날, '그래, 한 번 교회 가보자' 생각을 갖고 무대 뒤로 들어오는 곽규석 목사를 붙잡고 물었다.

"선배님, 예배가 일요일 몇 시에 시작하죠?"

곽규석 목사는 기쁨이 넘치는 표정으로 서수남 장로의 손을 꼭 잡았다.

"그래, 이제야 맘을 먹었구나. 내가 데리러 갈게."

주일날아침 부산스럽게 옷을 입는 남편에게 아내가 누워서 물었다.

부 인 : 여보, 어딜 가시려고 그래요?

서수남 : 당신도 같이 가야돼.

부 인 : 어딜요?

서수남 : 교회 간다.

부 인 : 교회를요?

서수남 : 그렇다니까

부 인 : 여보, 우린 오래 전부터 절에 나갔잖아요. 그런데 어떻게 교회 나간다는 소리를?

서수남 : 그게 무슨 상관이야?

부 인 : 한집안에 두 가지 신앙을 가지면 집안에 안좋은데요. 그러니까 우선 절을 정리하고 그 다음부터 천천히 교회 나가요.

서수남 : 지금 정리고 나발이고 그런 소리 할 필요 없어. 지금 우리가 수렁에 빠져서 허우적거리고 있는데 정리는 무슨 정리야.

약간은 찜찜해 하는 아내를 등에 업고 아파트에서 내려와 차에 싣고 서대문의 교회를 찾아간 서수남 장로는 그때만 해도 도대체 무슨 정신에 예배를 드렸는지 모른다. 왜냐하면 분위기도 낯선 데다 언제 아내가 또다시 기절을 할지 몰라 정신이 없었던 것이다.

예배를 모두 마치고 집에 갈 때쯤 방송국이나 밤업소에서나 만나던 동료 연예인들이 반갑다며 인사를 했다. 그때 목사님이 서수남 장로에게 함께 기도나 하고 헤어지자고 하면서 지하의 기도실로 데리고 간 것이다.

우선 목사님 내외가 앉았고 그 옆엔 곽규석, 김희자, 고은아 권사 등이 함께 앉아서 찬송가 몇 장을 연거푸 부르더니 기도하기 시작했다.

"하나님, 그동안 이 두 영혼을 구원하시기 위해 많은 시련을 주신 것 감사합니다. 그 많은 육체의 시련을 통해서 오늘에서야 비로소 아버지 앞에 나왔습니다. 오늘 이 두 영혼을 받아 주십시오." 하면서 구구절절이 기도를 하시는데, 그 목사님이 마치 서수남 장로의 모든 정신적인 상태며 육체적인 상태를 훤히 알고 기도하시는 것만 같았다.

그리고 곁에서 눈물을 흘리며 간절히 기도하는 교회식구들의 목소리를 들으면서 서수남 장로는 왠지 모르게 고마움을 느끼기 시작했다. 이제까지 그 누구에게도 창피해서 말하지 못했던 모든 부끄러웠던 것들을 모처럼 알아주고, 그것을 위해서 함께 기도하며 눈물을 흘려준다는 것이 얼마나 마음을 푸근하게 해주던지. 서수남 장로는 이제까지 참고 참았던 설움의 눈물이 그제서야 복받쳐 올라와 큰소리로 울음을 터뜨리고 말았다.

아내도 울고 목사님도 울고, 옆에 있는 모든 사람들이 울고⋯ 그중에서도 키가 크고 덩치가 큰사람이 울었으니 오죽했을까? 그렇게 기도를 마치고 교회 문을 나서는 순간 서수남 장로의 콧속으로 들어오는 공기가 달라졌다. 눈앞에 펼쳐지는 하늘도 달라졌다. 마음이 달라지고, 발걸음이 달라지고, 표정이 달라졌다. 이렇게 달라질 수가 있을까 싶을 정도로….

사실 세상은 달라진 것이 하나도 없는데 서수남 장로가 그렇게 느끼는 것일 뿐이었다. 바로 예수라는 약이 들어가면 이렇게 송두리째 변하게 될 것을….

그때부터 서수남 장로는 하나님께 매달려 기도하는 생활이 시작되었다.

"하나님 병든 저의 아내를 살려 주십시오. 병든 저의 어머니를 고쳐 주십시오."

이렇게 간절히 기도를 하자 그때부터 하나님의 사랑이 시작되는데 정말 정신 못 차릴 정도로 축복을 베풀어주시는 것이었다.

아내의 병도 몰라보게 치료해 주셨고, 물론 어머니의 병도 고쳐 주셔서 건강하게 해주신 것이다. 세 딸 역시 건강하게 성장하였다.

그때부터 서수남 장로의 얼굴엔 근심과 걱정의 어두운 그림자는 사라져 버렸고, 언제나 연기가 아닌 마음속 깊은 곳에서 우러나오는 기쁨과 만족의 표정이 나오게 되었다. 더욱이 늘 우거지상, 오이지상 같았던 얼굴에 서서히 살이 붙어 이제는 나이가 거꾸로 먹은 것 같은 얼굴이 되었으니 이것만한 축복이 또 있을까?

정 의심이 가는 사람이 있으면 그 옛날에 찍은 서수남 하청일 듀엣의 앨범 사진을 보고 지금의 모습을 비교해 보면 확인이 될 것이다.

종　철 : 나도 교회를 다니지만 내 얼굴은 왜 아직도 이 모양인지?

서수남 : 그럼, 당장 오늘부터 교회를 나가지 말아봐라. 그럼 졸지에 송
　　　　장처럼 변할 테니… 지금 그 얼굴도 감사할 줄 알아야지. 안
　　　　그래?

종　철 : 아멘!

개그우먼 **박미선**

★ 휘발유같은 PD 때문에 믿은 예수

제 눈을 보세요. 얼마나 겁이 많게 생겼어요?
누가 인상만 써도 무서워서 눈물을 뚝뚝 흘리는 사람인데,
어쨌든 난 그 날밤 한잠도 못 잤어요.
그리고 당장 그 다음주에 동네 교회에 등록을 하고 나가기 시작했죠.

휘발유같은 PD 때문에
믿은 예수

"오늘도 바쁜 와중에 교회 나오시느라고 얼마나 고생이 많으셨습니까? 그런 분들을 위해서 드리는 한 말씀, 어떤 남자 신자가 휴거의 날, 드디어 감격스러운 휴거를 하고 있었는데요. 그런데 갑자기 뚝 떨어지는 거예요. 그래서 휴거를 취재하던 기자가 막 달려가서 물어 봤대요.

'왜, 휴거 하다가 갑자기 떨어지신 겁니까?'

그랬더니 그 남자 신자가 하는 말이 뭐라는 줄 아세요?

'제가 하늘로 한참 올라가는데 끝이 없더라구요. 그래서 도대체 얼마나 남았는지 궁금해서 하늘 위를 쳐다봤더니, 글쎄 제 머리 위에 짧은 미니 스커트를 입은 아가씨가 올라가고 있더라구요. 그래서 본의 아니게 치마 속을 보게 되었는데 그 순간 이렇게 떨어졌지 뭐예요? 재밌죠?"

순간, 교회 안은 박장대소하는 소리로 가득해졌다. 도대체 교회 안에서 성도들을 배꼽 잡게 하는 여학생이 누군가? 그 여학생은 다름 아닌 왕방울 여학생 박미선 집사였다.

박미선 집사는 초등학교 때부터 친구들과 어울려서 교회 나가기 시작했는데, 중·고등학생이 되면서부터 교회의 모든 행사 때마다 마이크를 잡고 사회를 보는 교회 엠시의 대명사가 되었다고 한다.

특히 '문학의 밤' 행사나 '성탄축하의 밤' 행사 때는 단골 사회자로써 위트와 유머, 그리고 순발력으로 그 끼를 유감없이 발휘했던 것이다.

종　철 : 그때부터 벌써 개그우먼으로서의 실력이 나타난 것인가?
박미선 : 연예인은 아무래도 끼가 있어야 한다. 그리고 그 끼를 키우는 마당이 있어야 하는데, 어떤 사람들은 직장이나 학교에서 끼를 갖고 한가닥하는 경우가 많다. 그런데 난 어려서부터 교회에서 남을 웃기고 분위기를 부드럽게 하는 끼로 한가닥 했었던 것 같다.
종　철 : 그 끼는 본인이 개발한 것인가?
박미선 : 물론 그런 것도 있겠지만 나의 경우는 전적으로 하나님이 달란트를 주신 것이다. 그러니 난 하나님께 감사할 수밖에 없다. 오늘날 그 달란트로 먹고살고 있으니 말이다.

그렇게 하나님의 고마움을 알면서도 박미선 집사는 대학생이 되면서부터 교회를 멀리하고 하나님을 잊으며 신앙의 방학생활(?)에 들어갔다고 한다.

"바빠 죽겠는데 교회는 무슨… 나중에 한가할 때 나가면 되겠지"
하면서도 늘 가슴 한구석엔 '언젠가는 꼭 교회를 가야지' 하는 미
련을 남겨 두었다고 한다.

그러던 어느 날, 더 정확히 얘기하자면 하나님이 주신 달란트로
꿈에도 그리던 신인 개그우먼이 되어 방송국에서 아이디어 회의를
한참하고 있을 때였다. 전혀 코미디 프로와는 상관도 없는 PD 한
사람이 회의하는 방으로 들어오더니 박미선 집사에게 요한계시록
얘기를 하면서 겁을 주었던 것이다.

박미선 : 제 눈을 보세요. 얼마나 겁이 많게 생겼어요? 누가 인상만 써
      도 무서워서 눈물을 뚝뚝 흘리는 사람인데, 어쨌든 난 그 날밤
      한잠도 못 잤어요. 그리고 당장 그 다음주에 동네 교회에 등록
      을 하고 나가기 시작했죠.
종 철 : 그 PD가 대단한 분인가 보다.
박미선 : 전에는 천주교 신자였는데 갑자기 기독교로 개종하더니 방언,
      예언, 계시 같은 각종은사를 한꺼번에 받고, 그는 한 마디로
      말해서 휘발유 같은(확 붙어버리니까) 믿음을 가진 분이었죠.

그렇게 해서 오랜 방학을 마치고 동료 개그우먼인 이성미, 이경
애, 김창준 등과 함께 성경공부를 시작했다고 한다.

물론 어려서부터 교회를 다니긴 했지만 그래도 완전 초보신자라
는 생각으로 '사도신경과 주기도문, 그리고 성경이란 무엇인가?',
'예수님은 누구신가?' 같은 기초적인 것부터 공부를 해나가기 시
작한 것이다. 박미선 집사는 아마 그때가 신앙의 성숙기였으리라

고 생각한다고 했다.

그리고 몇 년 후, 하나님은 박미선 집사에게 참으로 힘들고 어려운 숙제를 던져 주셨다. 교회 안 다니는 남자와는 결혼하지 말라는 주변 사람들의 만류에도 불구하고 개그맨 이봉원 씨와 결혼을 하게 된 것이다.

물론 본인도 고민을 많이 했다고 한다. 하지만 이것도 하나님이 맺어주신 인연인데, 그리고 이 남자쯤이야 내가 전도를 하면 되겠지 하는 맘을 갖기로 했다.

박미선 : 나랑 매일 아침 모닝커피를 같이 마시고 싶죠?

이봉원 : 당연하지.

박미선 : 나랑 매일 저녁 9시 뉴스를 같이 보고 싶죠?

이봉원 : 그렇다니까.

박미선 : 그럼, 나랑 한 가지 약속해요.

이봉원 : 뭔데?

박미선 : 나랑 같이 교회 다니는 거예요.

이봉원 : 그러지 뭐, 그게 뭐 어렵나?

박미선 : (속으로) 이상한데? 너무 쉽게 대답을 하는 게….

사랑하는 사람과 그것도 미치도록 사랑하는 사람과 결혼을 앞두고 무슨 약속인들 못할까? 하지만 이봉원 씨의 그 약속은 말 그대로 공약(空約)이 되어버리고 말았다.

박미선 : 결혼 후 몇 달 동안은 잘 다니더라구요. 물론 예배시간에는 고

개를 푹 숙이고 잠을 자서 탈이었지만, 그러다가 언제부터인가는 예배시간에 말이 많은 거예요. 의자가 왜 이렇게 불편 하느냐. 교회 안이 너무 더워서 답답하다느니, 예배시간이 10분 정도 줄었으면 좋겠다느니… 그러더니 이젠 아무리 졸라도 주일예배를 안 드려요.

이봉원 씨가 그렇게 교회생활에 재미를 못 붙이는 이유 중에 하나가 바로 시댁어른 모두가 불교신자라는 것이라고 박미선 집사는 생각하고 있다.

1년에 한두 번씩 시부모님이 절에 가서 불공을 드리고, 어떤 날은 부적도 받아오시고, 집안에 무슨 일이 있으면 점쟁이 집에 다녀오시기도 하셨다. 그러니 박미선 집사는 남편 이봉원 씨보다 시댁어른 전도가 급하다는 것을 알았다. 부모님 말이라면 전혀 거역을 하지 않는 이봉원 씨니까 시부모를 전도하면 남편쯤이야 자동적으로 해결되겠지.

물론 절대로 쉬운 일이 아니란 걸 박미선 집사도 잘 안다. 그렇다고 해서 포기할 수도 없는 일이었다. 그동안 수십 년 간 절에 다니신 시부모님이 하루아침에 성경책을 펼쳐 들 수야 없는 일이란 걸 잘 알기 때문에 박미선 집사는 장기적인 전략과 작전을 갖고 시부모 전도하기에 열을 올리고 있는 것이다.

박미선 : 제가 끝가지 기도하는 한 안될 일이야 없겠죠. 성경에 '주 예수를 믿으라 그리하면 너와 네 집이 구원을 얻으리라' 고 하셨잖아요. 그러니까 반드시 저희 집 모두가 구원받으리라고 확

신하고 있어요. 그래서 저와 남편, 그리고 제 딸 유리가 함께 손잡고 교회 가서 성가대 봉사하는 그 날이 꼭 오리라고 믿고 있어요. 우리 남편 별명이 주(酒)봉원이거든요. 그 별명이 주(主)봉원으로 반드시 바뀔 거예요. 그 날을 위해서 독자여러분들도 기도 많이 해주세요.

종 철 : 그 PD는 요즘도 만나요?

박미선 : 참, 걱정이에요.

종 철 : 왜 또?

박미선 : 그분이 이상하게 되셨어요.

종 철 : 어떻게?

박미선 : 종말론에 너무 심취했다가 종말을 주장하는 사이비 집단에 빠졌다는 얘길 들었어요.

종 철 : 거, 참….

하나님이 박미선 집사에게 하달하신 그 명령을 완벽히 수행하기 위해 기도의 끈을 놓치지 않고 있는 박미선 집사. 언제쯤 그 임무를 완수하게 될지 기도와 격려를 보내며 지켜봐야겠다. 박미선 집사 파이팅!

코미디언 **서원섭**

★ 산맥같은 남자를 쓰러뜨린 하나님

"아, 맞아 어머님이 부르시던 그 찬송소리…
이러다가 하나님께 불려 가면 어떡하지?
하나님 다시 한 번 살려 주신다면 오로지 하나님만을 사랑하며 살겠습니다.
제발 부탁입니다. 하나님만을 위해 살아가겠습니다."

산맥같은 남자를
쓰러뜨린
하나님

　　하나님이 주신 축복 중에서 가장 큰 축복은 남을 웃기게 하는 재능을 선물 받는 축복이다. 그것은 아무나 할 수 없는 일이고, 특별한 사람만이 할 수 있는 일이다. 그만큼 어렵고 힘든 일이기 때문이다. 그래서 서원섭 집사는 그런 축복과 달란트를 주신 하나님께 늘 감사하지 않을 수 없다고 한다.

　　더욱이 요즘같이 짜증나고 화가 나는 일이 많은 세상엔 웃음의 여유가 더욱 필요한데, 남에게 웃음을 주려면 우선 본인의 마음에 기쁨과 평안이 넘쳐야 하는 일이니까 말이다.

　　"사람의 체질과 성격은 확실히 맞는 말인 것 같아요. 보세요. 얼마나 여유 있어 보이고 평안해 보입니까? 물론 저에게도 걱정과 근심거리가 없는 것은 아니죠. 다 같은 사람인데… 하지만 고민을 고민으로 생각하지 않습니다. 고민한다고 고민이 해결되는 것도 아니잖아요. 그냥 하나님이 다 알아서, 어련히 알아서 잘 해결해 주시겠지 하면서 하나님만 믿는 겁니다. 하나님의 자녀만이 누릴 수 있는 특권이 이런 것 아닙니까?"

이렇게 말하고 있는 서원섭 집사도 삼십여 년의 인생을 살아오면서 이제야 하나님의 고마우심을 깨달았지 사실 4~5년 전 만해도 하나님의 고마움에 대해선 단 한 번도 생각해 본적이 없었다. 아니 하나님의 고마우심은커녕 하나님의 존재에 대해서 생각한다는 것은 말도 안되는 소리였었다.

단지, 자신이 어려서부터 늘 남 앞에서 우수개 소리를 잘하고 잘 떠들어서 그쪽으로 머리가 발달해 지금의 직업 코미디언이 된 줄만 알았었던 것이다.

KBS 개그맨 1기생으로 방송국에 발을 들여놓은 이후로 '도시의 천사들', '동물의 왕국', '봉숭아 학당' 등의 코너에서 그 묵직한 몸을 이용한 캐릭터로 많은 인기를 모았을 때도 그저 자기 자신의 노력 대가인 줄로 착각을 했었다.

수백대 일의 경쟁률을 뚫고 들어간 방송국의 코미디언, 이 정도만 되도 그의 유머 감각과 재능만으로도 충분히 공식적인 인정을 받은 것이니 그럴 만도 했다.

이까짓 세상 성공 못할 리가 없지, 이까짓 사람들 못 웃길 리가 없지, 그렇게 세상을 만만하게 본 서원섭 집사는 동료 개그맨들과 허구한 날 술과 담배, 그리고 고스톱, 트럼프, 마작까지 도박이란 도박은 죄다 섭렵하며 시간 가는 줄 모르고 하나님의 속을 태웠었다. 그것도 일종의 코미디 소재를 찾기 위한 작업의 일환이라는 자기 변명아래 행해 진 일들이다.

그것뿐인가? 메뚜기도 한철이라고 밤이면 밤마다 술집과 나이트 클럽을 두루 찾아다니며 타락의 몸부림으로 밤을 지새우는 불쌍한 청춘남녀들의 흥을 돋우기 위한 온갖 음담패설로 DJ를 보며 노래도 불렀던 것이다.

만약에 그가 나중에 하나님을 만나지 않고 그냥 그 순간에 죽었다면 그는 분명히 지옥도 아주 상지옥에 갔을 것은 당연한 것이다. 그 정도로 서원섭 집사는 철저한 마귀 편이었고 마귀의 하수인이었다.

그러던 그가 도대체 언제부터 하나님의 포로가 되었고 하나님의 패밀리가 되었을까?

그것은 역시 서원섭 집사의 어머니와 부인의 끊임없는 기도 때문이었다. 물론 서원섭 집사도 어려서부터 어머니를 따라 교회를 다녔었다. 그래서 찬송도 배웠고, 성경말씀도 배우며 착실한 아이로 성장했었다. 하지만 그의 코미디언으로의 기질이 서서히 몸에서 싹트면서 딴따라에 대한 동경이 커졌고, 부모도 제어할 수 없을 만큼의 나이가 되었을 때 그는 아예 교회를 등지기 시작했던 것이다.

코미디언도 좋고 스타도 좋지만 무엇보다 하나님 곁을 떠난 것을 가장 가슴 아프게 생각하며 밤새워 기도하시던 어머니의 정성, 그리고 더 이상 참다못한 하나님의 귀향 작전이 시작되었는데….

그 날도 다른 날과 마찬가지로 담배연기 자욱한 곳에서 밤새워 열심히 홀라(카드도박의 일종)를 신나게 하고 있을 때였다. 처음에는 돈을 따는 것 같더니 얼마 후에는 이상하게도 서서히 돈을 잃다가 급기야 주머니가 텅텅 비어 가는 것이 아닌가?

어느 정도 밀리는 것 같다가도 잠시 후엔 다시 역전을 이루어서 돈을 긁어 오곤 했는데, 그날따라 이상하게도 회복의 기미가 전혀 보이지를 않았던 것이다. 그럴수록 혈압이 올라 얼굴이 붉으락푸르락 거리면서 손도 바들바들 떨면서 (아마 경험자들은 이때의 심정과 신체의 변화에 대해서 어느 정도 충분히 이해하리라 생각된다) 마지막 카드를 뒤집는 순간 카드의 숫자를 확인하고는 그는 그대로 엎어지고 말았다. 몸무게 때문에 혈압이 불안정했는데 그 순간 혈압이 하늘로 치솟아 정신을 잃고 만 것이다. 홀라 때문에 쓰러진 남자… 아무도 그를 쓰러뜨리지 못했었는데, 그는 그렇게 쉽게 쓰러져 트럼프가 어지럽게 널려있는 테이블에 산맥처럼 엎드린 것이다.

정신은 말짱한데 손과 발이 전혀 말을 듣지 않았다. 눈에는 아무것도 보이지 않았지만 귀에는 앰뷸런스의 사이렌소리와 두런거리는 소리가 들려왔다. 놀란 주변의 사람들이 화급히 그를 차에 싣고 병원으로 달려갔고, 여전히 그의 귀엔 자신의 빨라진 박동소리가 귀에 울렸고 산소 호흡기에서 들리는 기분 나쁜 소리들이 귀에 들려 왔다.

참으로 길고 긴 시간, 어두운 터널 속에서 그는 그렇게 헤매고 있었다. 그 속에서 서원섭 집사는 아득한 소리를 들었다. 누군가 부르고 있는 찬송소리,

"아, 맞아 어머님이 부르시던 그 찬송소리… 이러다가 하나님께 불려 가면 어떡하지? 하나님 다시 한 번 살려 주신다면 오로지 하나님만을 사랑하며 살겠습니다. 제발 부탁입니다. 하나님만을 위해 살아가겠습니다."

세상에 태어나서 그렇게 간절히 하나님께 기도해 본적은 그때가

처음이었다. 한참 뒤 잠에서 깨어난 서원섭 집사는 제일먼저 성경책을 찾아 머리맡에 놓았다. 그리고는 한 줄 한 줄 읽어 내려가면서 그는 뜨거운 눈물을 흘렸다.

하나님을 떠난 백성의 삶이 얼마나 추하고 가련했던 것인지 그제서야 깨닫는 순간이었다. 그동안 자기 자신이 얼마나 교만했고, 하나님 앞에서 건방졌었는지를 스스로 고백하는 순간들이었다.

병원에서 퇴원한 서원섭 집사가 제일먼저 하는 일은 역시 전화를 거는 일이었다. 그동안 비싼 돈을 받아가며 일을 하던 밤업소에 안녕을 고하는 결별선언이었다. 남들은 이해할 수 없는 행동을 하고 있다고 했지만, 그래도 서원섭 집사는 마냥 행복했다. 그까짓 일쯤이야… 그까짓 돈쯤이야… 변해도 확 변해 버린 것이다. 비록 전 같지 않게 수입원이 부족한 한이 있더라도 도저히 성령을 가슴에 담고 사는 사람으로서 할 일이 못된다고 생각했기 때문이다.

그것은 부인도 간절히 원했던 일이다. 그리고 이번에는 다른 곳에 전화를 걸었다. 그동안 자신이 하나님께로 돌아오라고 그토록 기도하던 믿음의 식구들에게 전화를 건 것이다.

"하나님이 주신 귀한 달란트, 남을 웃기고 희망을 주고 기쁨을 주는 유머의 달란트를 하나님을 위해서 쓰겠습니다. 저를 사용해 주십시오."

그 이후로 그는 믿음의 식구들과 선교여행 다니는 일을 제일 우선순위로 두고 살고 있다. 과거에 밤업소에서 부르던 노래 실력을 갖고 이번엔 하나님을 찬양하는 가스펠 음반도 냈다. 그리고 이젠 한술 더 떠서 극동방송국의 공개방송 프로그램 '우리교회 좋은 교회'의 엠시를 맡아 전국의 은혜가 넘치는 교회만 찾아다니며 공개

방송을 통해 즐거움을 선사하는 일까지 도맡았다.

이제 그의 마지막 계획은 하늘나라에 가서 천국에 모인 수많은 하나님의 식구들을 앉혀 놓고 코믹 토크쇼를 하는 것이다. 물론 서원섭 집사가 웃기지 않더라도 그곳에 있는 사람들은 모두 기쁨과 감사의 나날들을 보내고 있겠지만, 그래도 그들에게 하나님이 서원섭 집사에게 주신 달란트를 갖고 실컷 웃겨 주고 싶은 것이다.

"저기 베드로 선생님도 앉아 계시는군요. 오늘의 초대손님을 모시겠습니다. 이스라엘 백성들을 이끌고 애굽에서 탈출하신 모세 선생님을 모시고 그때의 고생담과 에피소드에 대해서 듣도록 하겠습니다. 오늘 아름다운 음악을 맡아서 연주해 주실 분들은 요셉과 그의 천사들입니다. 박수로 환영해 주십시오."

웃다가 배꼽이 빠지고 그래도 또 웃기는 그 날을 꿈꾸며 그는 요즘의 나날을 하늘의 소망을 바라보며 살아가고 있는 것이다.

"혹시 말입니다. 지금도 마음 한구석엔 하나님을 알고 있는데, 그래도 역시 세상이 좋아서 돌아오지 않은 사람들이 있을 겁니다. 그런 사람에게 이런 말 좀 하세요. 괜히 하나님한테 신나게 두들겨 맞은 다음에 돌아올 생각 말고 일찌감치 스스로 알아서 손들고 나오세요. 그래야 피차 고생을 안 합니다. 제가 그 증거라니까요."

가수 **혜은이** 탤런트 **김동현**

★ 세상에서 가장 아름다운 부부

"이젠 울지 않습니다.
기도하려고 눈만 감으면 감사와 기쁨이 절로 나오는데요.
혹시 걱정이 있고 고민이 있는 분이 계시다면 남들이 모두 잠을 자는 그 시간에
교회에 가서 하나님 앞에 엎드려 보십시오.
하나님이 다 알아서 해결해 주십니다. 정말 이라니까요. 한 번 해보세요."

세상에서
가장 아름다운
부부

　그 언젠가 '당신만을 사랑해', '진짜 진짜 좋아해' 하면서 그 가
련하고 청순한 외모로 수많은 남자들을 넋 놓게 했던 가수 혜은이
씨.

　우리는 그냥 혜은이 씨 하면 지금은 살이 퉁퉁하게 찐 옛날 가수,
또는 탤런트 김동현 씨와 결혼해서 아기 낳고 잘 살고 있는 정도로
만 알고 있는지도 모른다. 하지만 혜은이 씨의 그 토실토실한 살이
은혜의 살이라는 사실과 양재동에 있는 남영교회의 집사라는 사실
을 아는 사람은 별로 많지가 않은 것 같다.

　그것뿐만이 아니다. 김동현 집사와 결혼할 당시만 해도 김동현
집사는 성경책을 한 번도 들여다 본 적이 없었던 사람이고, 예수님
이 하나님의 아들인지조차도 전혀 몰랐던 사람이었다. 오히려 김
동현 씨의 부모님과 함께 전국의 절이라는 절은 모두 찾아다닐 정

도로 독실한 불교신자였었다고 한다. 그런데 그 가정 속에 복음의 씨앗을 뿌린 사람이 바로 혜은이 집사였다.

> 종　철 : 에이, 설마… 어떻게 며느리가 시부모를 전부 전도하고 더구
> 　　　　나 남편까지.
> 김동현 : 정말이다. 우리 집사람은 아주 고집이 세다. 하나님 앞에서만
> 　　　　말이지만….
> 종　철 : 어느 정도인가?
> 김동현 : 좌우간 집안에 문제만 생겼다하면 기도원에 들어간다. 물론
> 　　　　우리 집에 문제가 많다는 것은 아니지만, 우리 부모님을 전도
> 　　　　할 때만 해도 몇날 며칠을 새벽예배 나가더니 우리 부모님의
> 　　　　마음을 변화시키더라. 그리고 나 역시 지금은 하루라도 성경
> 　　　　책을 읽지 않으면 입안에 가시가 돋칠 정도가 되었으니 우리
> 　　　　집사람의 믿음과 기도생활이 어느 정도인지 알 수 있겠지?

이 정도면 혜은이 집사의 믿음은 대충 짐작할 수 있을 것이다. 마치 잔다르크가 어려움에 처한 프랑스의 운명을 구했듯이 혜은이 집사는 자칫하면 영원히 하나님의 사랑을 모르고 살았을 김동현 집사의 집안을 송두리째 하나님의 명단에 올려놓았으니 하나님의 축복은 불 보듯 뻔한 일이 아닐까?

이제는 두 사람 사이에서 태어난 잘생긴 아들과 시부모님이 함께 주일예배는 물론 금요철야예배까지 손을 잡고 다닐 정도이니 다른 교인들 눈에는 아마 그것이 사랑의 질투심을 갖게 하는 정도인가 보다.

같은 교회의 집사 : 두 사람의 사랑이 너무 질투날 정도예요. 우리는 교인들끼리 같이 대중 목욕탕에 자주 다니거든요. 그런데 김동현 집사님이 늘 목욕 끝날 시간이면 여탕 앞에서 차를 대고 기다린다니까요.

그것만이 아니다. 김동현 집사의 믿음도 부인 혜은이 집사의 믿음 못지않게 뜨겁다.

언젠가 나와 함께 식사를 하면서 우리나라 교인들의 문제점에 대해서 얘기하자 김동현 집사는 밥숟가락을 내려놓더니 "꼭 그렇게만 생각할게 아니다. 얼마나 믿음 좋은 성도들도 많은데, 그리고 그런 얘기하면 서로 은혜가 안되니까 그만 하자. 우린 주님 생각하기에도 얼마나 바쁜가?" 이러는 게 아닌가.

정말 혜은이 집사가 언젠가 예견했던 것처럼 처음 된 자가 나중 되고 나중 된 자가 처음 된 격이나 다름없을 정도다.

세상에 태어나 단 한 사람의 영혼도 전도하지 못한 채 하나님 앞에 불려 가는 부끄러운 성도가 얼마나 많은데 혜은이 집사는 자신의 영혼뿐만 아니라 한 집안의 모든 영혼을 주님 앞에 인도를 했으니 정말 아름다운 믿음을 갖고 있는 크리스천임이 분명하다.

요즘은 남편의 영화 제작을 위해 헌신할 뿐만 아니라 가수로써도 꺼지지 않는 정열을 불태우고 있으며, 아마 금년 겨울이면 그동안 기도로 준비했던 복음성가 테이프도 우리들 앞에 멋지게 선보이게 될 것이다.

과거에 '당신만을 사랑해' 라는 대중가요를 부르던 가수 혜은이, 이젠 '주님만을 사랑해' 라는 노래가 우리의 귀에 들리게 될 날도 얼마 남지 않았다.

　그러면 김동현 집사는 어떤가?
　남자는 세상에 태어나서 딱 세 번 울어야 할 때가 있다는 말이 있다. 태어날 때 한 번, 부모님이 돌아가실 때 한 번, 그리고 나라가 망할 때 한 번, 그런데 탤런트 김동현 집사에게만은 절대 그런 말이 통하지 않는다. 다시 말해서 툭하면 눈물을 흘리는 울보라는 얘기다.
　언제나 듬직한 남편, 강인한 의지의 남성상을 박력 있는 연기로 보여 준 강인한 캐릭터로 이미지가 각인되어 있는 김동현 씨가 울보라는 얘기는 정말 의외일 수 있다. 하지만 그건 정말 사실이다. 눈물도 그냥 찔끔찔끔 짜는 정도가 아니라 한 번 울었다 하면 펑펑 울어버리는 그런 울음을 말이다. 이게 도대체 무슨 소리인가?
　예전에 김동현 집사는 전혀 눈물을 흘릴 줄 모르는 사람이었다. 눈물이 메말라 인정머리라고는 도저히 눈 씻고 찾아 볼 수 없을 정도의 사람이었는데, 바로 혜은이 집사를 만나면서부터 자연스럽게 하나님을 알게 되었고 또 하나님의 놀라우신 사랑을 깨닫고 난 후부터는 도저히 감사의 눈물을 흘리지 않을 수 없게 되었다는 얘기다.
　나이 들수록 결혼할 생각을 하지 않은 김동현 씨를 보며 그의 부모님은 참한 며느리 하나 달라고 얼마나 많은 산 속의 사찰을 찾아다니며 불공을 드렸는지 모른다. 어쩌면 그래서 더 장가를 빨리 가지 못했을지도 모르지만….
　김동현 집사의 부모님은 원래부터 독실한 불교신자였기 때문에 그는 부모님을 따라 절에 가서 시주하고 절하고, 그래서 절 밥을 얻어먹는 일이 많았다. 그것뿐만이 아니라 집안에 조금이라도 안 좋은 일이 있거나 큰 일을 앞두고 있으면 스님을 불러다가 염불을 외우는가 하면, 무슨 날이 되면 등을 사다 걸기도 하고 거북이도 사서 한강에 풀어주는 일도 빠지지 않을 정도였다.

부모님의 그런 열성적인 노력(?)에도 불구하고 결혼할 생각을 하지 않는 아들 때문에 늘 노심초사하고 있을 때 드디어 김동현 씨의 눈에 뜨인 하늘의 천사가 바로 가수 혜은이 씨였다.

가수 혜은이 씨는 누가 뭐라고 설명할 필요도 없이 귀염성 있는 외모와 가창력으로 이 시대 최고의 인기를 누렸던 가수라는 사실, 두 사람은 첫눈에 서로의 가슴에 깊은 사랑의 화살을 꽂았고 절대로 놓치지 않았던 것이다.

김동현 씨의 부모님은 당연히 아들이 데리고 온 며느리 감을 두고 부처님의 은덕이 이제야 빛을 보았다고 좋아하셨지만, 복음의 불모지인 김동현 씨의 가정에 하나님의 사랑을 전하러 온 하나님의 천사였다는 사실을 아주 한참 뒤에나 가족 모두가 깨달은 것이다.

결혼하기 전부터 교회를 다녔고 복음성가 테이프까지 발표한 적이 있었던 혜은이 씨는 김동현 씨와 결혼하기 바로 전 중요한 조건을 제시하였다.

"정말 나와 함께 결혼하고 싶으면 모든 우상을 버리고 하나님만을 나의 주인으로 모시고 생활해야 한다. 그럴 자신이 없으면 아예 결혼얘기도 없었던 걸로 하자."

김동현 씨는 그런 조건을 듣고 그때는 '그냥 교회 다니는 사람들이 하는 얘기겠지' 하고 대수롭지 않게 생각하고 대답을 했다. 그런데 문제는 본인이 아니라 부모님이었다. 본인이야 사랑하는 사람을 놓치고 싶지 않아서 그까짓 불상 반지 빼버리는 것쯤이야 별거 아니겠지만 부모님은 얘기가 다르지 않은가?

그랬더니 혜은이 씨가 하는 말 "좋아요. 그럼, 부모님은 결혼해서 제가 전도를 할게요." 이때까지만 해도 김동현씨는 잠시 후 펼쳐질 엄청난 사건에 대해서 정말 눈곱만큼도 예견하지 못했다.

그렇게도 바라고 기다리던 결혼식, 그 후 김동현 씨의 가정에선 정말 알 수 없는 일들이 벌어지기 시작했다. 툭하면 방안에서 기도하는 혜은이 씨의 기도소리, 그리고 찬송소리가 들려 나오기 시작한 것이다. 처음엔 김동현 씨의 부모님들이 눈이 휘둥그레졌지만 끊임없이 설득하는 혜은이 씨의 지혜와 열성에 그만 수십 년 간 섬겨왔던 우상들을 하나 둘씩 버리기 시작한 것이다. 말로 표현하자니 이렇게 간단하지만 사실 그 간의 혜은이 집사의 눈물어린 기도와 간구가 얼마나 처절했는지는 경험해 본 자만이 알 수 있을 것이다.

그렇게 해서 따라 나간 교회가 바로 양재동에 있는 남영교회. 탤런트 김동현 씨는 세상에 태어나서 처음으로 교회마당을 밟게 되었고, 그곳에서 믿음의 사람들을 만나게 된 것이다.

그동안 세상에서 만났던 수많은 사람들과는 전혀 차원이 다른 사람들, 하늘에 커다란 소망을 품고 살아가며 하나님의 진실하신 사랑을 몸소 실천하고 있는 성도들의 표정과 행동에서 커다란 감명을 받았다.

그리고 아내가 가르쳐 준대로 하나님께 자신의 지난날을 고백하고 앞으로는 하나님만을 섬기며 살아가겠노라고 약속하고 다짐했다. 그런데 바로 그때 철이 든 이후로 단 한 번도 흘려 보지 않았던 눈물샘이 터진 것이다.

"하나님, 전 이제까지 내가 잘난 줄만 알고 살아왔던 죄인입니다. 그동안 얼마나 많은 죄를 지었는지 모릅니다. 하지만 앞으로는 주님만을 섬기며 주님만을 자랑하며 살아가겠습니다."

그 커다란 덩치와 그에 걸맞은 커다란 목소리로 어깨까지 들먹이며 흐느껴 울던 김동현 집사. 그리고 그 모습을 옆에서 지켜보는 혜은이 집사의 눈에서도 어느덧 눈물이 흐르고 있었다.

그로부터 몇 개월 뒤, 그렇게도 단호하시던 시부모님까지도 교회에 나와 함께 예배드리는 그 광경을 남영교회의 교인들은 모두 지켜보았다. 한 사람의 믿음이, 그리고 전도가 얼마나 많은 일들을 행하며 기적 같은 일들을 이루어 내는지 그 교회 교인들은 직접 목격한 것이다.

그러던 어느 날, 혜은이 집사는 남편 김동현 집사에게 엄청난 제안을 하나 하게 된다. 그것은 다름 아닌 90일간 작정 철야기도를 하자는 것이었다. 사실 말이 연예인이지 육체노동과 다름없는 일을 하는 것이 연예인의 일이 아닌가? 여기저기 불려 다니면서 한두 장면 찍고 다시 장소를 이동해서 한두 장면 찍고, 또 어떤 때는 온몸을 던져가며 촬영하다보면 몸이 녹초가 되는 일이 바로 연기자의 생활이다. 그것뿐인가? 멀리 장기적으로 지방이나 외국으로 가서 촬영하는 경우도 허다한데 어떻게 부인과 함께 철야기도를 한단 말인가? 더구나 하루 이틀도 아니고 90일씩이나….

"무슨 기도가 그렇게 할 게 많다구? 난 도저히 못해, 아니 안 해,

이건 뭐 교회 다니면서 맘 편하게 살고 행복하게 사는 줄 알았더니 그게 아니잖아. 내가 무슨 고행하는 사람이야? 하려면 혼자 해. 난 못해."

김동현 집사가 이렇게 얘기 할 것 같지만 워낙 혜은이 집사의 말이라면, 더구나 교회와 신앙에 관련 된 일이라면 철저히 따르는 김동현 집사는 한 마디의 불평과 불만을 표시하지 않고 그대로 "오케이" 했다고 한다. 이런 그의 결정을 보고 정작 놀란 것은 주위 사람들이었다. 왜냐하면 평소의 성격대로라면 전혀 그럴 것 같지 않기 때문이다.

어쨌든 두 사람은 세상의 모든 유혹과 육체적인 피곤, 그리고 여러 가지 악조건 속에서도 90일간 철야기도에 들어갔다. 때마침 김동현 씨는 영화제작 일을 시작했고, 그 일에 대한 스트레스가 엄청난 상황이었기 때문에 하나님께 기도할 것이 무척 많았던 것이다.

만일 그때의 철야기도가 있지 않았다면 아마도 김동현 씨의 믿음이 지금처럼 성장하지 않았을지도 모른다.

'정말 잘해낼 수 있을까? 90일간이나…' 하지만 일단 맘을 먹고 실천에 옮기면 반드시 뿌리를 뽑아야 직성이 풀리는 그 성격이 바로 엄청난 신앙의 역사를 완성하게 한 것이다.

남자가 가정을 위해서, 그리고 사업을 위해서 밤새도록 기도하고 있을 때 아내가 옆에서 잔잔히 찬송으로 백뮤직 넣어주고 있는 그 모습은 정말 아름다운 영화의 한 장면이 아닐까?

90일간의 긴 철야기도에서 승리한 김동현 집사는 드디어 진정한 하나님의 사랑을 깨닫게 되었고, 이제는 오로지 하나님의 자녀로 살아가고 있는 것이다.

"이젠 울지 않습니다. 기도하려고 눈만 감으면 감사와 기쁨이 절로 나오는데요. 혹시 걱정이 있고 고민이 있는 분이 계시다면 남들이 모두 잠을 자는 그 시간에 교회에 가서 하나님 앞에 엎드려 보십시오. 하나님이 다 알아서 해결해 주십니다. 정말 이라니까요. 한 번 해보세요."

그의 말처럼 김동현 씨의 얼굴에 정말 감사와 기쁨의 미소가 베어 있다는 것을 분명 느낄 수 있다.

가수 **계은숙**

★ 일본 땅에서 복음의 씨를 뿌리고 싶어요

"그동안 감사를 잊고 살아왔는데 앞으로는 감사의 기도만을 하겠습니다.
모든 것이 감사뿐입니다. 예수님, 앞으로는 당신만을 믿고 의지하며 살아가겠습니다.
앞으로도 제가 힘들고 지칠 때마다 저를 위로해 주세요."

일본 땅에서
복음의 씨를 뿌리고 싶어요

　요즘 일본에서 한창 인기가도를 달리고 있는 가수 계은숙 집사의 새로운 가요앨범 '꽃처럼 새처럼'을 사기 위해 몰려드는 사람들, 그나마 대기표를 손에 쥔 사람들만이 음반을 받아들 뿐 나머지 사람들은 하는 수 없이 발길을 돌려야만 한다. 도대체 '꽃처럼 새처럼'이 얼마나 유명한 곡이기에 음반가게 앞에 모여든 사람들이 한숨을 내쉬며 아쉬운 발길을 돌리지 못하는 것일까?

　이미 계은숙 집사가 일본 땅에서 한국인이라는 신분임에도 불구하고 보기 좋게 성공했다는 이야기는 어제오늘의 소식은 아니지만 일본으로 간지 십여 년이 넘는 지금까지도 인기가 이 정도로 치솟아 있다는 것은 역시 하나님의 축복이지 않을 수 없다.
　그렇다면 계은숙 집사는 하나님께 어떻게 하길래 이토록 하나님의 절절한 사랑을 한 몸에 받고 있는 것일까? 그는 그 비결을 아주 간단하게 대답한다.

"나의 음악과 가정생활, 그리고 하나부터 열까지 모든 것을 하나님께 기도하며 의논하고 의지하며 하나님께 모든 것을 맡기며 산다."

그 한 가지 예를 들면, 우선 '꽃처럼 새처럼' 이란 노래부터가 하나님의 축복 속에 태어난 곡이라고 할 수 있다. 언젠가 한국에서 찾아와 잠시 들리신 전도사님이 하나님께 의지하면서 살고 있는 계은숙 집사를 보고 하는 말이 "금년 안에 뭔가 하나님의 좋은 작품이 찾아 올 것이다"라고 했다고 한다. 그때만 해도 그 말이 무슨 뜻인지도 잘 몰랐고 또 알았다 하더라도 별 신경 쓰지도 않았을 것이다.

왜냐하면 그래도 가요계에서 적잖은 세월을 보낸 가수인데 한국에서 온 전도사가 가요에 대해서 뭘 안다고 그런 말을 쉽게 할까 생각을 했기 때문이다. 그런데 그 전도사의 기도는 정말 현실로 이루어 진 것이다. 일본에서 가장 유명한 시인이라는 아꾸유상이 오직 계은숙 집사만을 위한 노래 가사를 써 준 것이다, 그 사람은 일본에서도 경기가 좋을 때는 시를 안 쓰다가 경기가 침체해지면 그제서야 시를 쓰는 (왜냐하면 사람들은 돈 많고 배부를 땐 시를 안 읽는다는 지론으로) 유명한 사람인데, 감히 시가 맘에 안 드니까 다시 써 달라던가 고쳐 달라고 할 수조차 없는 사람이다.

그런데 그 사람이 작곡자와 계은숙 집사의 부탁에 몇 번씩이나 노랫말을 고쳐주었다. 그 이야기가 알려지자 더 화제가 되었으며, 요즘 그 노래가 일본인들의 가슴에 불을 당겨 날개 돋친 듯이 팔려 나가고 있는 것이다. 1년 동안의 스케줄은 물론 2, 3년 뒤의 스케줄이 잡힐 정도로 바쁘게 된 것이 모두 하나님의 축복이라고 생각을 하지 않을 수 없는 것이다.

　지금으로부터 10여년 전 계은숙 집사는 혈혈단신으로 더구나 여자의 몸으로 일본에 건너와 텃새 심하고 차별대우 심한 남의 땅에서 얼마나 외롭고 힘든 세월을 보냈는지 모른다고 한다. 한국에서의 인기를 바탕으로 일본에서 활동을 해보려고 했지만 누구하나 알아주는 사람이 없고 노래조차 들어 줄 생각을 안하니 아무리 믿음 좋은 사람인들 의기소침해 지지 않을 수 있었을까?

　일본은 우리와는 달리 신인가수가 음반을 내면 방송이나 잡지를 통해 소개되는 것이 아니라 가수가 직접 음반을 손에 들고 사람들이 많이 모이는 거리와 식당 등을 찾아다니며 자신을 소개하고 하나씩 팔고 다녀야 한다. 마치 외판원처럼 말이다. 남들이 밥을 먹고 있는 식탁 옆에서 마치 식당의 종업원처럼 허리를 숙여 인사를 하고 들어주지도 않는 노래를 부르고 또 불러야 하는 나날이 계속 이어졌다. 하루에도 몇 번씩 자존심이 상하고 그 자리에 털썩 주저앉고 싶은 일도 있었고, 가수고 뭐고 다 집어치우고 서울로 돌아가고 싶은 맘이 수없이 들었었다.

　그런 식으로 하루종일 거리에서 소리를 지르며 노래도 하고, PR을 하고 다니다가 녹초가 되어 집으로 돌아와 빈방에서 통곡을 하며 하나님께 울부짖었다. 당연히 하나님을 원망하는 기도와 불평불만으로 가득찬 기도뿐이었다. 그러다가 극도의 정신적 불안 상태에서 무서운 경험도 했다.

화장실에 앉아 있는데 갑자기 천장에 있는 송풍구에서 마치 괴기 영화에서 본 듯한 털이 숭숭 나있는 커다란 손이 내려와 계은숙 집사를 할퀴기 위해 사정없이 휘저은 것이다. 얼마나 무섭고 놀랐던 지 소리를 지르고 비명을 질렀지만 아무도 달려와 주는 사람이 없었다.

정말로 일본이라는 나라가 싫었고 현실이 싫었다. 어떻게 해서든 지 이 현실에서 도망가고 싶었지만 현실은 더욱 더 계은숙 집사를 가혹하게 잡아 맬 뿐이었다. 지치고 힘들어서 더 이상 기도도 하고 싶은 마음이 없을 때 바로 그때 예수님은 계은숙 집사의 처진 어깨를 어루만져 주신 것이다.

그로부터 며칠 후 계은숙 집사가 소속되어 있는 도시바의 스튜디오에서 녹음을 할 때였다. 한참 녹음을 하다 힘이 들어 잠시 쉬기 위해 아무렇게나 의자에 앉아 눈을 감고 있었는데 갑자기 눈이 어슴푸레 밝아 오는 것을 느꼈다. 슬며시 눈을 뜨고 그 빛을 향해 눈을 돌렸다. 스튜디오 안쪽의 벽에 있는 작은 전등이 눈에 들어 온 것이다.

그냥 전등만 보이는 것이 아니라 전등 곁에 이상한 물체가 보여 계은숙 집사는 정신을 바짝 차리고 그 형태를 유심히 바라보았더니, 글쎄 예수님의 모습이 보이는 것이 아닌가? 그러니까 그 전등은 예수님의 가슴 쪽에 있는 반짝이는 하트였던 것이다. 그 놀라운 광경을 목격한 계은숙 집사는 그 순간 아무도 없는 빈방으로 뛰어가 얼마나 울면서 감사의 기도를 드렸는지 모른다.

"아, 나의 마음을 아시고 예수님이 내 눈에 보이신 거구나. 예수님 정말로 감사합니다. 저는 그동안 예수님이 저를 잊고 계신 줄 알았습니다. 그래서 늘 불평과 불만의 기도만 해왔습니다. 그런데 예수님은 이렇게 늘 제 곁에서 저를 지켜보고 계셨군요. 그동안 감사를 잊고 살아왔는데 앞으로는 감사의 기도만을 하겠습니다. 모든 것이 감사뿐입니다. 예수님, 그리고 앞으로는 당신만을 믿고 의지하며 살아가겠습니다. 앞으로도 제가 힘들고 지칠 때마다 저를 위로해 주세요."

그 날부터 계은숙 집사는 전과는 완전히 다른 모습으로 변하였다. 우선 힘들어하는 표정이 사라진 대신에 얼굴엔 기쁨과 감사의 표정만이 있었고, 늘 생기발랄한 목소리로 찬송가를 흥얼거리게 되었다.

가끔 일본인 엔지니어나 프로듀서가 계은숙 집사의 흥얼거리는 찬송소리를 듣고는 "그게 무슨 곡인데 매일같이 부르느냐"고 물으면 계은숙 집사는 이렇게 대답을 한다.

"이 세상에서 가장 기쁘고 아름답고 감동적인 노래인데 아무나 부를 수 있는 것은 아니고, 또 아무나 부른다고 해서 모든 사람이 그런 감동을 느낄 수 있는 것은 아니다." 그러면 그리스도를 전혀 모르는 일본인들은 고개만 갸우뚱할 뿐이다.

그때부터 계은숙 집사는 마치 예정된 순서에 의한 것처럼 가수로서의 실력을 인정받음과 동시에 탄탄한 인기가도의 길에 올라서게 된 것이다.

요즘도 콘서트가 있을 때마다 찬송가 '저 높은 곳을 향하여'를 부르며 시작하는 계은숙 집사의 뜨거운 신앙은 이제 얼마 안 있으면 '계은숙 복음성가집'을 발표함으로서 더욱 빛을 발하게 될 것 같다. 아직은 도시바 프로덕션의 소속이기 때문에 모든 출판관계를 회사 측과 협의해야 하는데, 신앙을 모르는 그들이 복음성가 음반을 기획해 줄 리가 만무한 일이 아닌가?

그래서 계약이 끝나는 내년이면 제일 먼저 복음성가 음반을 낼 계획을 갖고 있고, 그 수익금이 또 다른 선교 일에 사용되기를 기대하고 있는 것이다. 많은 사람들이 일본선교는 어렵다고 하지만 앞으로 계은숙 집사가 준비하고 있는 일본어 복음성가와 일본어 간증집은 계은숙 집사를 사랑하는 수많은 일본인 팬들에게 좋은 전도의 기회가 될 수 있을 것이 분명하다. 그런 면에서 계은숙 집사가 준비하고 있는 복음성가 음반이 하나님의 축복 속에 어서 빨리 선보이기를 기대해 본다. 분명히 계은숙 집사를 통해 하나님께서 이루고자 하는 놀라운 계획이 곧 이루어 질 것이다.

개그우먼 **김미화**

★ 이 사람 극성은 아무도 못 말려

"힘들어하지마,
하나님이 분명히 너에게 용기와 힘을 주실 거야, 널 사랑하니까 말이야.
하나님의 사랑은 시청자나 팬들의 사랑하고는 차원이 다른 거니까."

이 사람 극성은 아무도 못 말려

김미화 : 완선아, 너 이리 좀 와봐.

김완선 : 언니, 그만 좀 해, 우리 대본 연습하자, 응!

김미화 : 지금 대본 연습이 문제가 아니야. 너, 지난주에 교회 갔어?
　　　　안 갔어?

김미화 : 지난주에 나하고 약속했잖아. 교회 가서 예배드리기로 말이야.
　　　　안되겠어. 이번 주엔 나하고 만나서 우리 교회로 가자.

김완선 : 우와~ 언니 정말 끈질기다. 끈질겨!

김미화 : 이게 다 너를 위해서 이러는 거다. 사람은 하나님을 바로 알고
　　　　믿음을 갖고, 하늘의 소망을 갖고 살아가는 거야.

서세원 : (이때 서세원 집사 끼어들며) 아, 이번 주엔 웬즈이 완선이랑
　　　　함께 우리 교회에서 예배드리고 싶어라. 완선이와 함께 예배
　　　　당에 앉아 하나님의 사랑으로 샤워를 하고 싶어라.

이용식 : (옆에서 지켜보고 있던 이용식 집사도 끼어들며) 야, 완선이
갖고 미화하고 세원이가 서로 자기 교회 가자고 싸우는데, 그
럼 아예 우리 교회로 가자. 내가 완선이네 집 앞으로 주일날
데리러 갈 테니까 말이야.

김완선 : (머리를 흔들며) 아, 그만 알았어요. 이번 주엔 꼭 교회 나갈
테니까 그만들 하세요. 선배님들….

방송국 녹화장의 분장실에서 분장을 하고 있는 김미화 집사, 서
세원 집사, 이용식 집사가 가수 김완선을 앉혀놓고 벌이는 전도작
전의 한 장면이다.

물론 그 작전에서의 분위기를 주도한 사람은 김미화 집사(사랑
의교회)이다. 그는 이처럼 방송국에서 시간만 나면, 그리고 전도
대상자만 그의 레이더망에 포착되면 어김없이 전도공세를 펼치고
있다.

"하나님이 저를 방송국에 보내신 이유는 물론 재미있는 연기로
많은 사람들에게 웃음을 주라고 하신 것도 있겠지만 방송국에서
함께 일하는 많은 동료와 후배 연예인들에게 전도를 하라고 하신
것 같아요. 전 그 사명을 감당해야죠."

화면에서만 보아왔던 그 왕수다쟁이 모습은 사라지고 믿음 좋은
크리스천이 되어 부끄러운 듯, 그리고 비장한 표정으로 이야기하
는 김미화 집사. 그녀가 이처럼 하나님을 사랑하게 된 것은 아주
오래 전 초등학교 시절로 돌아간다. 지금은 꽤나 발전된 곳이지만
그의 어린 시절만 해도 가난과 궁상으로 범벅이 된 곳이 바로 삼양
동이었다.

처음엔 그냥 친구들과 함께 교회에서 공책 주고 과자 주는 것 때문에 교회를 나가기 시작했다. 하지만 어린 딸이 교회 나가는 것을 못마땅하게 생각하시는 아버지 때문에 그것마저도 당당하게 다니지 못했다.

사람은 편안하고 여유로운 때보다도 조금은 힘들고 어려울 때 더 간절해지는 법인가? 어린 소녀 김미화는 아버지가 교회를 못 가게 하자 더욱 하나님께 기도하기 시작했다. 고사리 같은 손으로 아버지를 위해서 말이다.

비록 나이 어린 소녀였지만 그의 기도는 매우 진지했고 신앙생활 역시 열심히 했다. 교회 안에서 여자아이들끼리 서로 싸우고 토라지면 그 사이에 끼어들어 국보급 재능인 왕수다로 화해분위기를 만들어 가는가 하면, 교회에서 성경퀴즈대회, 찬송가 부르기 대회, 야유회 같은 행사에서 빼놓을 수 없는 분위기 메이커가 되어 간 것이다.

어린 시절, 교회에 대한 아름다운 추억을 갖고 있는 김미화 집사. 가난에 찌든 어린 생활이었지만 그래도 교회만 가면 행복하고 즐거웠던 시간들…. 어린 김미화는 늘 하나님께 향한 기도제목이 가난에서 벗어날 수 있게 해 달라는 것이었다. 부자가 되고 싶은 것도 아니고, 잘 먹고 잘 살고 싶다는 것도 아니고, 다만 지금처럼의 어려운 상황만이라도 벗어날 수 있게 해 달라는 어린애답지 않은 바램이었다.

그로부터 십오 년 뒤, 어린 그는 처녀가 되었고 개그맨이 되었다. 가난도 이젠 멀찌감치 떠나버린 이야기가 되었고, 그녀를 알아보는 사람도 꽤 많아졌다. 그때 자신의 변화된 여러 가지 중에 단 한 가지 맘에 걸렸던 것은 교회를 나가지 않는 다는 것이었다.

마치 집에 가스밸브를 잠그지 않고 밖에 나온 듯한 불안감. 언젠가 무슨 일이 터져도 크게 터질 것만 같은 불안함이 그녀의 가슴한 쪽에 무겁게 짓누르고 있던 어느 날, 그녀는 SBS방송국의 엘리베이터 앞에서 역사적인 게시물을 발견하게 된다.

'개그맨 신우회예배에 당신을 초대합니다'

하얀 종이에 예쁘게 매직펜으로 쓰여 있었던 그때의 그 글씨를 김미화 집사는 잊을 수 없다고 한다. 게시물에 적혀있던 그 시간과 장소에 찾아가 조심스럽게 문을 열던 순간, 그는 놀라지 않을 수 없었다. 그 방안에는 그동안 함께 일하던 수많은 동료 개그맨들이 둘러앉아 찬송가를 부르고 있는 중이었다.

'최양락, 김학래, 이성미, 이경애, 임미숙, 전창걸, 김은우, 이용식, 최형만…'

"아, 세상에" 그의 입에선 그 말만 나왔다. 그리고 너무도 자연스럽게 그 옆자리에 앉아 함께 찬송가를 부르기 시작했다.

"멀리 멀리 갔더니 피곤하고 곤하여 슬프고 또 외로워 정처 없이 다니니 예수여 예수여 지금 내게 오셔서 떠나가지 마시고 길이 함께 하소서…"

참으로 오랜만에 불러 보는 찬송가, 김미화 집사는 그 날 그 자리에 나간 것이 다시 새롭게 태어난 날이라고 말한다.

남을 웃겨야 한다는 강박관념, 새로운 아이디어를 매일 짜내야한다는 스트레스, 그리고 점점 치열해져 가는 시청률의 전쟁 속에서 인기도 끌어야 한다는 부담감, 나이 먹은 여자 개그맨, 그다지 예쁜 얼굴은 아닌 자신의 모습, 이런 여러 가지 이유로 하루하루가 힘들고 괴로웠던 그동안의 개그맨 생활, 그런 그녀에게 새로운 에너지를 주고 삶의 엔도르핀을 주시는 하나님을 새롭게 만나게 된 것이다.

그래서 아무리 바쁘고 시간이 없다하더라도 방송국에서 드리는 신우회예배만은 꼭 빠지지 않으려고 한다. 치열한 삶의 현장에서 드리는 예배가 또 다른 의미로 다가오기 때문이다. 그리고 예전의 자신처럼 방송 일에 지친 후배 연예인들을 그 신우회예배에 참석시키고 싶어 하는 것이다.

방송국의 분장실에서 조금 지쳐있다 싶은 후배가 보이면 자동판매기에서 뽑은 커피를 한 잔 들고 가 조용히 말을 걸어본다. 그럼 뜻하지 않은 김미화 집사의 행동을 보고 순순히 고민을 털어놓는 후배들, 그럴 때 그는 조심스럽게 전도지를 건넨다.

"힘들어하지마, 하나님이 분명히 너에게 용기와 힘을 주실 거야, 널 사랑하니까 말이야. 하나님의 사랑은 시청자나 팬들의 사랑하고는 차원이 다른 거니까."

개그맨 김미화 집사는 젊은 사람, 젊은 감각만이 대접을 받는 코미디 프로에서 자신이 아직도 인기를 얻고 있는 것은 분명히 하나님의 축복이라고 생각한다. 그 축복이 너무나 감사해서 그녀는 오늘도 열심히 분장실에서 전도를 하고 있는 것이다.

일주일 후, 다시 분장실 풍경

김완선 : 미화 언니, 나 지난주에 교회 갔었다. 나 예쁘지?

김미화 : 그랬어? 정말 너 예쁘다. 그러니 하나님은 얼마나 더 예뻐하
       겠니?
이용식 : (옆에서 끼어들며) 하여튼 김미화 극성은 아무도 못 말려!

방송작가 **김종철**

★ 방송국 이야기

김혜자 집사와 직무유기/하나님과 나만의 비밀 작전
에이, 바보 같은 사람/방송국의 돼지머리/하나님 억울해요. 나보고 싸탄이래요
신이 널 선택했어? 내가 언제 그랬는데…/하나님 저 좀 깨워주세요/요나와 같은 인간

방송국 이야기

김혜자 집사와 직무유기

방송 일을 하다보면 참으로 하나님의 가족이라는 것이 좋다는 것을 느낄 때가 있다. 다른 사람들 같으면 섭외나 인터뷰가 불가능한 사람일 텐데 서로 하나님을 믿는다는 이유 하나만으로 반가워하고, 마치 오랫동안 사귀어 온 사람들처럼 친근감을 느끼면서 안될 일들이 술술 풀어지는 경우가 있다.

아마도 이런 경험을 한두 번 해본 사람이라면 역시 크리스천이라는 커다란 울타리가 얼마나 아늑한 곳이고, 또 서로 믿는 가운데 대화의 공감대를 느낄 수 있다는 것이 얼마나 신나는 일인지 알 것이다. 탤런트 김혜자 집사를 나의 방송 프로그램에 출연시킨 예가 바로 그런 경우였다고 할 수 있다.

탤런트 김혜자 집사는 방송국에서도 소문난 고집쟁이다. 그녀는 자기가 현재 출연하고 있는 드라마가 아니면 그 어떤 오락 프로그램에도 출연하지 않으며, 더군다나 자기의 개인적인 이야기를 털어놓아야 하는 토크쇼에는 더욱더 출연하지 않은 연기자로 소문이 나 있다.

오죽하면 이런 얘기까지 있을까? 언젠가 분장실에서 평소에 말을 재미있게 잘하기로 소문난 탤런트 박원숙 씨가 전원일기에 출연하기 위해 분장을 하고 있는 김혜자 집사에게 한 말이다.

"만약에 혜자 언니가 빼빼용이 되어서 무인도의 감옥에 갇히게 되면 다른 사람들이 혜자 언니보고 함께 탈출하자고 졸라도 언니는 뭐라고 대답할 사람인 줄 알아?"

"뭐라고 그러는데?"

"싫어, 난 여기도 좋아. 여기서 그냥 살 거야."

박원숙 씨의 이 같은 비유와 표현은 절묘할 정도로 정확한 것이다. 그렇다. 김혜자 집사의 성격은 움직이는 것을 싫어하고, 새로운 것에 적응한다는 것도 싫어하고, 화장하는 것까지도 귀찮아하는 그런 성격이다. 그래서 어딜 찾아가거나, 새로운 것을 시작하거나, 뭔가 노력해야 하는 일은 될 수 있으면 하지 않으려고 하는 사람이다.

심지어는 자기가 고정 출연하고 있는 드라마 이외에는 어떤 방송 프로그램이든지 어느 누가 사정을 하고 무릎을 꿇고 빌어도 출연하지 않는 사람인데, 사실 그 이유는 너무나 간단하다. 화장을 해야 하고, 머리를 만져야 하고, 의상을 입어야 하고, 몸을 움직여 방송국까지 가야 하기 때문이란다.

방송뿐만 아니라 어느 신문사나 어느 잡지사의 인터뷰라 할지라도 사정은 마찬가지이다. 그래서 김혜자 씨는 좀처럼 인터뷰에 응하지 않기로 소문난 연예인, 오락 프로그램에 출연하지 않는 연예인으로 알 만한 사람은 다 아는 사실이다.

이렇게 방송가에는 좀처럼 섭외하기 힘든 연예인들이 몇 명 있다. 우선 탤런트 윤여정 씨, 영화배우 정윤희 씨, 여기에 영화배우 장미희 씨는 그 중에서도 섭외 담당자를 애태우는데 단연 선두감이다.

한때 세상을 떠들썩하게 했던 스캔들의 주인공으로부터 잡지나 신문의 가십 기사가 아닌 토크쇼의 자유스러운 분위기 속에서 본인의 입을 통해 궁금했던 일들을 직접 들어볼 수 있다면 그야말로 시청률은 따 놓은 당상일 텐데….

그래서 토크쇼 담당자는 더욱더 섭외에 혈안이 되어 있는지도 모르겠다. 오죽하면 '정윤희를 불러내라. 불러내는 사람에게는 보너스를 주겠다.' 이런 구호까지 사무실 벽에다 써 붙였을까!

더구나 각 방송사에서 너나할 것 없이 토크쇼 프로그램을 만들어 전쟁을 방불케 하는 상황이 벌어진 상태에서 사람 끌어오기, 아니 사람 모셔오기 작전은 정말 눈물겹기까지 하다.

'누가 영화배우 누구누구의 친한 친구라더라. 누구한테 부탁하면 섭외가 될지도 모른다더라'는 희미한 정보라도 있으면 당장 작전명령이 떨어지고, 그 영화배우가 빵을 좋아하는지, 꽃을 좋아하는지, 꽃을 좋아한다면 어떤 꽃을 좋아하는지를 미리 파악한 다음에 그것마저 하나의 전략으로 삼기까지 한다.

또한 단기간에 단판을 짓겠다는 생각보다는 시간을 갖고 꾸준히 접근하겠다는 방법도 동원된다. 따라서 누가 생일을 맞이했는지, 누가 언제 이사를 가고, 그 집의 아이들이 언제 피아노 콩쿠르대회에 참여하는지를 미리 파악해서 때 맞춰 축전을 띄우던가, 직접 찾아가 눈도장이라도 박아놔야 한다.

남이 보기엔 참 한심하겠지만 프로그램을 만들어야 하는 당사자들에겐 총알이 빗발치는 전쟁터를 방불하는 섭외 경쟁에서 체면 찾고 순서 따질 겨를이 없는 것이다.

언젠가 영화배우 남궁원 씨의 아들 '홍정욱' 군이 미국의 하버드대학에서 우수한 성적으로 졸업하게 되었다고 해서 신문에 기사가 크게 난 적이 있었다. 하버드대학이라면 무슨 학과이든지 일단 귀가 솔깃해지는 우리에게 좋은 점수로 졸업했다는 사실, 거기에다 영화배우 출신의 아버지와 스튜어디스 출신의 어머니를 닮아서 훤칠한 키에 미남형이기까지 하니 우리나라의 아가씨들이 얼마나 좋아할 것인지는 생각해 볼 필요도 없었다.

오죽하면 홍종욱 군이 쓴 자전 에세이 '7막 7장'의 팬 사인회에서 사인을 받기 위해 줄을 선 여학생들이 광화문에서 종로까지였을까? 이런 홍정욱 군이 미국에서 금의환향한다는데 가만히 있을 토크쇼 담당자가 어디 있을까? 분명히 홍정욱 군은 누가 봐도 토크쇼 프로그램의 수준 높은 초대손님 감이었고, 분명히 시청률은 압도할 수 있는 인물이었다. 만약에 그렇게 생각하지 않은 담당자가 있다면 그건 분명 뭘 몰라도 한참을 모르는 사람일 것이다.

어쨌든 문제의 주인공이 공항에 내린다는 정보를 입수한 각 방송국의 토크쇼 담당자는 어떻게 해서든지 자기 방송국에 단독 출연을 시키기 위해 잔뜩 벼르고 기다리고 있었지만 그땐 이미 한 발 아니 수백 발은 늦은 때였다.

모 방송국에서 홍군이 미국에 있을 때 이미 미국과의 직통 전화로 섭외를 시도했고, 왕복 항공권은 물론이거니와 방송국 사장님과 단독 점심식사를 하기로 약속까지 했으니 그쪽으로 이미 낙착이 된 셈이었다.

공항에서 홍정욱 군을 놓친 다른 방송국의 담당자들은 허겁지겁 남궁원 씨의 집으로 전화를 걸어 출연 요청을 했지만 바로 그 시간에는 이미 선수 친 방송국의 담당자가 남궁원 씨와 주거니 받거니 대화의 향연을 즐기고 있었던 것이다.

이 정도로 섭외를 하기 위한 전쟁이 불꽃 튀는 마당에 김혜자 집사를 불러내야겠다는 생각을 안해 본 토크쇼 담당자가 어디 있겠는가? 때마침 보름 뒤에 김혜자 집사가 '한국선명회'라는 단체의 후원을 받아 소말리아에서 굶어 죽어 가는 어린이를 위해 '사랑의 빵' 성금을 전달해 주러 간다는 신문기사가 나왔다. 나는 바로 지금이 적기가 아닐까 싶어 전화를 했지만 반응은 예상대로 차가웠다.

"아직 가지도 않았는데 무슨 할 말이 있겠어요. 그러지 말고 갔다 온 다음에 얘기하자고요."

'아니? 무조건 싫다고 거절하는 것이 아니라 일단 갔다 온 다음에 얘기를 해보자구? 좋아. 그럼 기다려 보지. 그래서 한 달 뒤에 다시 전화를 해보자.'

정확히 한 달 뒤에 소말리아에 다녀오고도 남았을 무렵에 다시 전화를 걸었다.

"저 기억하시죠? 한 달 전에 저희 토크쇼에 모시고 싶다고 전화를 했던….'

"아, 네 그럼요. 기억하죠. 그런데요. 전 말이죠. 탤런트로서 드라마 외에는 다른 프로그램에 나가지 않아요."

"아니 그게 무슨 말씀이세요? 한 달 전 소말리아에 가시기 전에는 갔다 와서 나오시겠다고 그러셨잖아요."

"어머, 제가 언제 나간다고 그랬어요? 그때 다시 한 번 얘기해보자고 했죠."

"그게 그 말이죠."

"어쨌든 전 안 나갑니다."

"아니, 그래도 소말리아까지 다녀오셨으면 다녀온 보고를 해주셔야죠. 그래야 다른 사람들도 얼마나 소말리아에서 많은 아이들이 굶어 죽어가고 있는지 알 수 있죠."

"그런 얘기는 갔다 온 다음에 너무 많은 사람들이 인터뷰를 요구해서 잡지사 기자들을 한데 모아 한꺼번에 다 했다구요. 그 내용이 필요하시면 이 달 잡지를 보시면 아주 자세히 나와 있을 거예요."

"그래도 잡지하고 방송하고는 다르죠. 그리고 우리 프로그램이 얼마나 인기가 있고 시청률이 높은데요."

"그래도 안 나간다니까요."

"아니, 왜 안 나오신다는 겁니까? 이유를 좀 말씀해 주시죠?"

"귀찮아요. 그런데 나가려면 화장해야죠. 머리 손질해야죠. 그리고 거기까지 또 가야 하잖아요. 더군다나 그 방송국은 내가 출연하지도 않는 방송국인데….'

김혜자 집사는 소문대로 역시 완강히 거부했다. 어떤 수단과 방법을 다 동원한다 해도 요지부동일 것처럼 말이다.

"정말 안 나오실 겁니까?"

"그렇다니까요."

"할 수 없죠. 그럼 제가 포기하는 수밖에…."

정말로 그땐 자존심이고 뭐고 다 집어치우고 얼른 전화를 끊고 싶은 마음뿐이었다. 이토록 완강히 거절하는데 더 이상 부탁한다는 것도 무례한 것 같고… 그리고는 머릿속에서 아예 '김혜자 집사'라는 사람을 지워 버렸다. 미련을 갖지 말자는 유행가 가사를 생각하면서.

그 다음날 나는 어머니와 함께 교회에 가서 주일예배를 드렸다. 목사님께서 설교를 모두 마치신 후에 갑자기 강대상 위에다 커다란 텔레비전과 함께 VTR을 올려놓더니 비디오 테이프를 틀어 주었다. 그런데 그 테이프의 내용이 바로 '죽음의 땅 소말리아'에 관한 것이 아닌가?

'아니, 내 머릿속에 소말리아고 뭐고 다 지워 버렸는데 목사님이 또 생각나게 하시네.'

김혜자 집사가 일주일 동안 소말리아를 찾아가 금방이라도 죽어갈 것 같은 어린아이, 그리고 아무것도 먹지 못해 눈꺼풀에 앉은 파리도 쫓아내지 못하고 힘없이 앉아 있는 어린이, 병에 걸려 차츰 죽어 가는 갓난아기들을 끌어안고 엉엉 울고 있는 어머니의 모습을 비디오에 담은 10분짜리 다큐멘터리였다.

이미 죽어서 바싹 마른 시체를 옮기고 있는 사람들, 그 모습을 물끄러미 바라보며 다음 차례를 기다리는 아이들의 모습들은 정말 충격 그 자체였으며, 김혜자 집사 또한 한없이 울고 또 울고 있는 모습이었다. 그리고는 맨 마지막 장면에서 그 아이들을 끌어안고 김혜자 집사가 카메라를 향해 이렇게 얘기했다.

"바로 여러분이 보내 주시는 후원금 만 원이면 이 아이들은 한 달을 먹고 살 수 있습니다."

그 장면을 보고 눈시울을 적시지 않을 사람이 어디 있을까? 더구나 아이를 키우고 있는 부모라면 더욱 그럴 것이다. 목사님은 그 비디오를 모두 보여 주신 다음 작은 빵조각 같이 생긴 플라스틱 저금통을 하나씩 전 교인들에게 나누어 주셨다.

"여러분, 이 저금통에 작은 정성을 담아서 모두 채워지면 교회로 가져오십시오. 그것을 소말리아로 보내겠습니다."

나는 그 저금통을 받아 들고는 다시 생각했다.

'내가 이 저금통에 돈을 넣어 보낸다고 해서 얼마나 도움이 될까? 차라리 다시 한 번 김혜자 집사에게 전화를 하는 것이 더 효과적일 거야.'

그 다음날 다시 방송국에 나가자마자 김혜자 집사에게 전화를 걸었다.

"글쎄 안 나간다니까 왜 또 전화하셨어요. 이러시면 제가 짜증낼 거예요."

"잠깐만요. 제가 말씀 좀 드릴 게 있는데요."

"무슨 말인데요. 말씀하세요."

"제가 어제 교회를 갔다가 김혜자 씨가 소말리아에서 찍어 오신 비디오 테이프를 봤거든요."

"어머 교회에 다니시나 보죠?"

"네, 저도 교회에 다닙니다. 아주 열심이요."

"반갑네요, 그런데요?"

"그런데 말이죠, 전 그 비디오 테이프를 보면서 이런 생각을 했습니다. '하나님께선 왜 수많은 연예인들 중에 하필이면 김혜자 집사님을 소말리아에 보내셨을까?' 하는 것이었어요."

이럴 땐 아예 허심탄회하게 집사님이라고 하는 것이 좋을 것 같았다.

"그것은 바로 하나님께서 김혜자 집사님을 선택하셨다는 겁니다. 그리고 소말리아의 참담한 실상을 직접 목격하게 하고 돌아와서 우리들에게 도움을 요청하게 하는 심부름꾼으로 삼으셨다는 것이죠. 그래서 한 사람이라도 더 소말리아에 관심을 갖게 하고 도움의 손길을 모으도록 하나님께서 사명을 주신 것이죠. 그래서 시청률이 높은 토크쇼에서 그런 내용을 사람들에게 알릴 수 있도록 출연해 달라고 부탁까지 드리고 있는데, 이것을 거절하시면 결국 집사님은 하나님의 명령을 외면하는 사람이 되는 것이고 직무유기를 하시는 것입니다. 만약에 집사님이 저희 프로그램에 나오신다면 최선을 다해 소말리아에 대해 홍보하도록 하겠습니다. 그래서 그 방법도 생각해 봤는데요. 우선 집사님이 등장하시자마자 토크쇼 MC들에게 사랑의 빵 저금통을 선물하시는 겁니다. 그러면서 소말리아에 관한 비참한 상황을 설명해 주시고 도와달라고 호소하시면 되잖아요. 그리고 아예 저금통을 수백 개 준비해서 방청객들에게도 집사님이 직접 나눠주시는 겁니다. 물론 그런 모습도 모두 방송을 하구요. 집사님, 제가 자신을 하는데요. 분명히 좋은 반응이 있을 겁니다. 잡지에 인터뷰하는 것보다 몇 갑절의 효과가 있을 겁니다. 어떻습니까? 이렇게까지 얘기하는데 그래도 외면하시겠습니까? 소말리아에서 굶어 죽어 가는 아이들의 울음소리가 귀에서 들리지 않으십니까? 하나님의 명령을 외면하는 직무유기를 하실 겁니까?"

얼마나 길게 얘기를 했는지는 나도 잘 모르겠다. 방송을 못하게 되더라도 할 얘기는 해야겠다 싶어 한참을 떠들고는 조용히 대답을 기다렸다.

"지금 저한테 맨 마지막에 뭐라고 하셨죠?"

"직무유기라고 했습니다."

수화기를 통해 긴 한숨이 들려왔다.

"좋아요, 녹화가 언제라고 했죠?"

"빨리 하면 할수록 좋습니다. 다음주 월요일에 하죠."

"알았어요. 그럼 다음주 월요일까지 그 방송국으로 갈게요."

전화를 내려놓고 나는 한참이나 시선을 옮기지 못했다.

"아~"

이번엔 내게서 긴 한숨이 나왔다.

며칠 후 녹화를 하기에 앞서 대본을 구성하기 위해 미리 김혜자 집사를 만나기로 한 곳에서 그녀는 이렇게 말했다.

"정말 얼굴 한 번 보고 싶었어요. 도대체 어떤 사람이 나에게 직무유기라고 말하는 것일까? 이제까지 나보고 직무유기 한다고 한 사람은 없었어요. 그런데 난 그 소리를 듣는 순간 얼마나 충격을 받고 가슴이 철렁 내려앉았는지, 난 그 이후로 밤마다 내 머릿속에서 직무유기… 이 말이 계속 맴돌더라구요."

김혜자 집사는 역시 한국 최고의 스타답게 일단 허락하고 참여하겠다고 한 방송에 대해서는 정말 열심히 도와주었다. 한 번도 토크쇼에 출연한 적이 없었던 탤런트 김혜자 집사가 토크쇼에 나와 자신의 이야기를 하고 노래까지 불렀으니 말이다.

그 방송이 방영된 후에 '한국선명회'의 연락처를 묻는 전화와 어떻게 하면 도와 줄 수 있느냐는 전화가 방송국에 쇄도했다. 나중에 관계자로부터 어느 교장선생님은 전 교생에게 사랑의 빵 저금통을 나눠주겠다고 수천 개씩이나 가져갔다는 얘기도 들었다.

그 후로 김혜자 집사는 또 다시 어느 방송국의 어느 토크쇼에도 출연하지 않았다. 김혜자 집사는 단 한 번 토크쇼에 출연한 유일한 경험을 갖게 된 것이다.

❖ ❖ ❖

하나님과 나만의 비밀 작전

방송국 사무실의 벽에다 연예인들의 명단을 수십 명씩이나 써 붙이고 벌써 몇 시간째 회의를 했는지 모르겠다. 회의라면 아주 회의가 생긴다는 말이 나올 정도다.

"자, 빨리 결정하자구. 다음주 프로그램엔 누가 나왔으면 좋겠어?"

PD가 벌써 몇 갑째 담배를 피워 물으며 회의 오프닝을 짜증 섞인 말로 시작하지만 아무도 선뜻 말을 꺼내지 못한다. 아니 할 말이 있어도 먼저 꺼내지 않는 것이 경험상으로 볼 때 이득일 수도 있다는 것을 많은 사람들이 알고 있었기 때문이다. 그렇게 한참이나 서로의 눈치를 보고 있을 때 누군가 옆에서 노트를 뒤적이며 얘기를 꺼낸다.

"내 생각엔 말이야, 가수 김흥국이 어떨까 싶어. 가수지만 말도 재미있게 하니까 토크쇼에 나오면 잘 하지 않겠어? 더구나 요즘 축구 붐이 일어나고 있으니까 축구와 관련된 연예인이 나오면 좋을 것 같애."

바로 이때, 내가 나섰다.

"재미있기로 따지면 이성미가 더 낫지."

드디어 회의에 불이 붙은 것을 감지한 PD가 담배를 비벼 끄며 의자를 탁자 쪽으로 바짝 붙여 앉는다.

"이성미가 왜?"

"재미있잖아. 코미디언이니까."

"재미있긴 하지만 특별히 이성미가 나와야 하는 이유가 뭐지?"

PD가 내게 묻는다.

내가 이렇게 가수 김흥국이 토크쇼에 나오는 것보다 코미디언 이성미를 고집하는 이유가 분명히 있다(남들은 모르는 나만의 이유). 그것은 아주 나만의 주관적인 생각이지만 꼭 그렇게 해야만 하는 이유는 아주 간단하다. 가수 김흥국은 불교 신자이고 코미디언 이성미는 내가 잘 아는 오리지널 예수쟁이이기 때문이다.

토크쇼라는 것이 본디 주로 얘기만 하는 프로그램이기 때문에 본인들은 인식하지 못하는 가운데 은근히 자기의 신앙과 결부된 이야기를 하게 마련이다. 더욱이 오리지널 예수쟁이라면 진실하게 진행되는 토크쇼에서 자기의 신앙 이야기를 반드시 하기 마련이라는 것을 알고 있다면 당연히 예수쟁이가 나와야 하는 것이 아닐까?

만에 하나 나의 이같은 생각에 이의를 제기하는 사람이 있다하더라도 그건 할 수 없다. 토크쇼 프로그램에 출연할 연예인을 섭외하는 입장에 있는 작가의 횡포라고 해도 그건 어쩔 수 없다. 다른 것은 몰라도 이 점에 있어서는 양보할 마음이 없으니까.

하지만 PD는 얼른 이해가 가지 않는가 보다.

"이성미야, 다음에도 나올 수 있지만 요즘 월드컵 때문에 축구에 대한 붐이 일고 있고, 또 오랫동안 김흥국을 못 봤으니까 우선은…."

그렇다고 내가 가만있을 수 있나, 다시 한 번 밀어붙였다.

"그래도 이성미가 나와야 된다구."

"글쎄 이유가 뭐냐니까?"

"이유? (난 여기서 잠깐 머리를 굴려야 했다. 이유를 만들어야 하니까. 오, 하나님! 저에게 지혜를 주옵소서)"

"이유가 있지, 이성미는 한때 개인적인 문제로 인해 맘 고생을 많이 했던 사람이잖아. 그리고 마침내 그 시련을 이겨내서 오늘날 다시 화려하게 재기를 했고, 지금은 인기 정상의 여자 코미디언이 되었으니까 토크쇼에서 할 말이 얼마나 많겠어? 더구나 지금은 결혼을 해서 행복한 가정생활을 꾸려가고 있으니 진정한 의미의 행복한 가정이란 어떤 것인지를 다시 한 번 이성미를 통해 들어보는 것도 의미가 있구."

"김 작가가 책임질 수 있어?"

PD가 다시 한 번 확인하듯 묻는다.

"뭘?"

"시청률과 재미!"

"순간 나는 멈칫하고 속으로 기도를 했다. '하나님, 당신만 믿습니다!'

"걱정하지 말라구."

"좋아, 그럼 이성미로 하지."

드디어 내가 속으로 기대했던 아이디어가 채택되는 순간, 이제부터 하나님께 예쁜 짓 한 건 올리기 위한 작전이 시작되는 순간이다. 난 주위 사람들이 눈치 채지 못하게 하늘을 쳐다보며 다시 한번 기도했다.

"하나님, 이젠 당신이 책임지셔야 합니다."

이렇게 해서 코미디언 이성미 집사로 출연자가 확정되었으니 그 다음 문제는 이성미 집사가 토크쇼에 출연해서 자기의 이야기를 잘 털어놓으면서 아울러 신앙 이야기도 함께 하면 좋겠는데….

그러면 전국의 수많은 시청자들이 방송을 보면서 이성미 집사의 간증을 듣게 될 것이고, 또 자연스럽게 하나님의 이야기를 듣게 될 텐데 세상에 이만한 전도 효과를 거둘 수 있는 것이 또 어디 있을까!

나는 방송국에서 원고를 쓰기 시작하면서 하나님의 뜻에 대해서 곰곰이 생각해 본 적이 있다.

'과연 하나님께서는 왜 나를 방송국으로 보내셨을까? 도대체 내가 방송국에서 어떤 일을 하기 원하시고 계신 것이며, 토크쇼 프로그램 제작팀 속에서 어떤 특별한 사명을 감당하라고 하시는 것일까? 왜 수많은 사람들 중에 특별히 나를 선택하셔서 전국의 시청률도 높은 토크쇼 프로그램의 작가가 되게 하셨을까?

그래서 얻어낸 결론은 오직 하나. 전국의 시청자를 향해 간접적인 선교를 하라는 것이었다. 그렇다면 내가 쓰고 있는 토크쇼에 불교신자나 통일교신자들이 출연하는 것보다 이왕이면, 아니 필수적으로 예수쟁이가 나와서 이야기를 해야 어쨌든 좋은 것이 아닌가?

다른 일반 연예인들이 토크쇼에 나와서 하는 얘기는 옛사랑의 남자가 어떻고, 지금의 배우자는 어디서 만났는데 어떻게 프로포즈를 했으며, 결혼식은 어떻게 했고, 요즘은 어떻게 살고 있다는 식의 솔직히 말해서 대부분 영양가 없는 평범한 얘기가 아닌가?

좀더 색다르다고 해봐야 연예 활동 중에 있었던 에피소드나, 웃기는 얘기를 하면서 아까운 전파만 낭비하는 경우도 얼마나 많은지 모른다. 하지만 적어도 내가 생각하는 바에 의하면 예수쟁이 연예인들이 나오면 뭔가가 달라도 한참 다르다는 것을 말하고 싶다.

더구나 이야기의 주제나 줄거리를 잡는 권한이 나에게 주어졌으니까 이야기가 더할 나위 없이 진지하고 핵심이 있는 토크쇼로 구성될 수 있다는 얘기다. 물론 재미도 있으면서… 더구나 내가 쓰는 프로그램마다 시청률이 높아서 전국의 시청자가 꽤 많이 홍보되어 있는 상태이니 자연스럽게 전도 효과도 더욱 높아질 것이다(이건 분명 하나님의 복일지도 모른다).

그런 우여곡절 끝에 코미디언 이성미 집사가 방송에 출연하게 되었다. 내가 속으로 원했던 일들이 녹화현장에서 진행되었다. 이성미 집사는 나와 극동방송에서 몇 차례 간증 프로그램을 같이 한 적이 있었기 때문에 나는 그녀에게서 들을 수 있는 내용을 이미 머릿속에 모두 그리고 있었다.

그리고 방송이 나가는 그 시간 나는 내 방의 텔레비전 앞에 혼자 앉아 방송을 시청했다. 내가 예상했던 대로 이성미 집사는 자기의 어려웠던 시절의 이야기를 했다. 너무도 담담하게 그 아픈 지난날들의 이야기를 풀어놓았고, 그 모습을 지켜보는 MC들의 모습 또한 너무도 진지했다. 한참 이성미 집사를 쳐다보던 임성훈 씨가 질문을 했다.

"그럼 그렇게 가장 어려웠을 때 어떻게 그 어려움을 극복해냈습니까?"

그러자 이성미 집사는 잠시 말을 잇지 못하다가 입을 열었다.

"저에겐 신앙이 있었습니다. 하나님께서 제 곁에 계셨기 때문에 저는 그분을 의지할 수 있었고 하나님께서 저에게 위로와 격려를 해 주셨습니다."

그래, 바로 이거다. 내가 원했던 것은 바로 이것이었다.

이성미 집사의 이야기는, 아니 신앙간증은 곧이어 계속 이어졌다.

"내가 정신적으로 고통받고 있을 때 그렇게도 친하게 지냈던 주위 사람들은 하나, 둘씩 떠나갔습니다. 세상엔 모두가 날 사랑하는 사람들만 있는 줄 알았죠. 하지만 그렇지 않았어요. 내 주위에는 어느덧 아무도 없었습니다. 수많은 세월을 같이 방송 활동하던 동료들도 제 곁을 떠났고, 친척들도 외면했습니다. 하지만 그때에 제 곁을 떠나지 않은 분이 딱 한 분 계셨죠."

임성훈 씨는 어떤 대답이 나올지를 궁금해 하며 호기심이 가득 찬 눈으로 물었다.

"그래요? 그분이 누구십니까?"

"바로 하나님이시죠. 하나님께서는 항상 나를 지켜 보호해 주시며, 위로해 주시고 격려해 주셨습니다. 아마도 하나님께서 보호해 주시지 않았다면 오늘날 제가 이렇게 다시 재기를 해서 여러분 앞에 설 수도 없었을 거예요."

그러자 의외의 대답이라는 표정으로 임성훈 씨가 고개를 끄덕였다.

"아! 그렇군요…."

이 정도면 더 이상 바랄 것이 없었다. 기독교방송이나 극동방송도 아닌 전국을 상대로 방송되는 일반 방송에서 이처럼 진지한 신앙 이야기가 나오는 프로그램을 과연 그 누가 상상이나 해 봤을까? 물론 방송을 보는 시청자들 중에는 기독교라면 고개를 설레설레 흔드는 사람도 있을 것이고, 또 예수쟁이라면 치를 떠는 사람도 있을 것이다.

그렇다고 해서 그 사람들이 이성미 집사의 이같은 이야기를 들으면서 '무슨 방송이 이 따위야' 하고 욕할 수는 없을 것이다. 왜냐하면 그건 우리가 시킨 것이 아니라(사실 그렇게 유도했지만) 본인이 자신의 과거를 아주 담담하게 털어놓으면서 진지하게 얘기하는 것이었으므로 누가 뭐라고 할 수 있겠는가.

아마 하나님께서 이런 장면을 보기 위해서 날 방송국에 보내신 것이 아닐까? 나는 매주 이런 식으로 담당 PD나 MC와 보이지 않는 전쟁을 하고 있다. 이왕이면 예수쟁이 연예인들이 많이 나왔으면 하는 나의 작전대로 말이다. 그러기 위해서는 연예인 중에 예수쟁이가 많이 나와야 할 텐데….

그건 아직 내 좁은 주변머리로는 해결할 수 없는 노릇이니 하나님께 맡기는 수밖에 없다. 시청자들은 이것을 알까? 모르는 게 더 나을지도 모른다. 그냥 보여 주면 주는 대로 조금씩 조금씩 복음을 받아먹다가 나중에 복음의 진꿀 맛을 알게 되는 게 나을 것이다.

상상만 해도 얼마나 신나는 일인가? 전국의 시청자가, 아니 전 국민이 복음의 진꿀 맛을 알게 된다는 사실이 말이다.

❖ ❖ ❖

에이, 바보 같은 사람

아침부터 방송국이 술렁거린다. 한 달 앞으로 다가온 상탄특집 프로그램을 기획한다고 여기저기서 웅성웅성 바쁘다. 무엇을 할까? 누구를 출연시켜서 무엇을 어떻게 할까? 둘 셋씩 모여 앉아 아이디어 회의를 한다고 법석이다.

연예인을 출연시켜서 크리스마스에 관한 게임을 할지, 사회 저명인사들을 초대해 성탄 메시지와 함께 자신의 애창 캐럴을 불러 보게 할지, 아니면 개그맨들이 코믹 캐럴을 음반으로 많이 발표했으니까 코믹 캐럴 퍼레이드를 할지 의견이 분분했다.

캐럴은 아기 예수의 탄생을 축하하는 것인데 인기 있는 개그맨을 섭외하여 상업적인 코믹 캐럴을 부르게 하는 것은 크리스천의 입장에서 그건 말도 안 된다는 생각이 들었다.

그렇다면 어떤 특집 방송을 해야 할까? 나도 역시 담당 PD와 며칠 동안 머리를 맞대고 앉아 아이디어를 짜내고 있지만 별 뾰족한 수가 나오지 않았다. 과연 누구를 성탄특집 프로그램에 출연시켜야 할까?

'이러한 때에 내가 크리스천으로서 뭔가 의미 있는 아이디어를 내놓을 수 있어야 할 텐데… 기독교문화 발전의 일선에 서 있다고 자부하는 내가 새롭고 톡톡 튀면서도 의미가 있는 아이디어, 하나님께서도 기뻐하시고 일 천만 크리스천들에게도 기쁨이 되는 그런 프로그램의 아이디어를 내놓아야 하는데….'

"오, 하나님! 제발 제게 지혜를 주십시오. 그래서 제가 현재 일하고 있는 이곳에서 전국의 방송망을 통해 진정한 의미의 크리스마스 특집 방송을 내보낼 수 있도록 저를 사용하여 주옵소서."

회의를 하는 동안에도 나는 속으로 계속 기도를 했다. 바로 그때 섬광처럼 내 머리를 스치는 아이디어 하나가 있었다.

"오, 하나님! 감사합니다. 나의 영원한 후원자이시고, 나의 담당 지도 교수님이시고, 아이디어 뱅크이신 하나님."

내 머리에 떠오른 아이디어는 대충 이런 것이었다. 오늘날의 크리스마스 캐럴이라는 것은 그 의미가 변색되어 가고 있다. 조금 전에도 말했듯이 인기가 조금 있다고 하는 개그맨들은 한결같이 캐럴의 진정한 의미도 모른 채 그저 돈을 벌고 웃기자는 속셈으로 코믹 캐럴이나 만들어 부르고, 예수님이 어떤 분인지도 모르는 가수들이 성탄절이라고 해서 텔레비전에 나와 의미도 모르는 찬송가를 부르고 있다(그런 사람은 아마 석가탄신일에는 찬불가를 부를 것이다).

그런 일이 어제오늘의 현상만은 아니었으니 이쯤에서 정말 하나님을 사랑하고, 아기 예수의 탄생을 기뻐할 수 있는 복음성가 가수가 출연하여 크리스마스 캐럴을 부른다면 그거야말로 오리지널 크리스마스 캐럴이자 성탄특집 방송이 되지 않을까 싶었다.

그러나 대중적이지 못한 복음성가 가수들이 텔레비전에 출연해서 캐럴을 부른다면 과연 얼마나 많은 시청자들이 그들을 알아볼 수 있겠느냐는 것이다. 더구나 교회에 다니지 않는 사람들에게는 생소한 얼굴일 텐데.

하지만 그런 문제에 대한 대책이 아주 없는 것도 아니다. 출연한 복음성가 가수에 대해 자세히 설명을 해주면 되는 것이다. 사회자가 소개를 하든지, 아니면 프로그램 중간에 복음성가 가수와 사회자가 대화를 나누며 자기소개를 하는 것, 그리고 또 한 가지 방법은 캐럴을 부를 때 그 사람에 대한 소개를 자막으로 보내 주면 출연 가수에 대한 설명이 충분할 것이다.

그렇게 하기 위해서는 먼저 오직 복음성가만 부르는 순수 복음성가 가수여야 한다. 그리고 가창력이 뛰어나야 한다. 그 다음은 대다수의 크리스천들에게 잘 알려져 있어야 한다. 그러면서도 텔레비전이라는 영상 매체에 잘 어울릴 수 있는 외모와 무대 매너도 함께 갖추고 있어야 한다.

조금은 까다롭고 복잡한 선정 기준이었지만 다행히도 복음성가 가수들 중에는 위의 조건을 어느 정도 갖춘 사람이 몇 명 있어 후보자 명단에 올랐다. 그리고 명단에 있는 후보자들에 대한 경력과 매력을 나름대로 조사해서 회의시간에 발표했더니 기획 회의에서 다행히도 나의 아이디어가 채택되었다.

'채택이 안 된다면 말이 안 되지, 하나님께서 주신 아이디어인데…'

일이 잘되려고 그랬는지 방송국의 높은 사람도 교회의 장로님이셨기 때문에 이번 특집 기획 안은 박수를 받으며 작업에 들어갈 수 있었고, 인물 선정 작업에 곧 들어갈 수 있었다.

그래서 마지막으로 뽑힌 사람이 바로 ㅇㅇㅇ음악선교단의 리더였다. 그 사람은 이미 오래 전부터 젊은 크리스천들로부터 많은 사랑을 받고 있었으며, 그의 찬양 테이프가 많이 팔린 것은 물론 이거니와 그의 찬양집회에는 항상 많은 크리스천 젊은이들이 몰려오는 것을 볼 수 있을 정도로 그야말로 기독교계의 스타라고 할 수 있는 그런 인물이었다.

우리의 기획 의도를 들은 그 사람이 다행히도 아주 흔쾌히 프로그램 출연을 승낙해 주었다. 그렇게 해서 성탄특집을 위한 우리의 작업은 본격적으로 시작되었다. 방송에서 부를 캐럴 곡을 선정하고 어떤 방식으로 연주할 것인지, 그리고 오프닝 멘트와 클로징, 중간 브릿지 멘트는 어떻게 할 것인지를 정하고 무대 배경은 어떻게 할 것인지에 대해서도 스태프들과 의견을 나누었다.

모처럼 의미 있게 만들어 보는 성탄특집이라 나는 그야말로 물 만난 생선처럼 신나게 그 프로그램 만드는 일을 진행해 나갔다.

나는 그 프로그램이 성공적으로 제작되어서 방송으로 나가게 되면 세 가지 측면에서 좋은 점이 있을 것이라고 생각하였다.

첫째로는, 크리스마스 캐럴의 올바른 의미를 시청자들과 함께 생각해 볼 수 있는 계기가 될 수 있겠다는 것이다.

앞에서도 언급했지만 크리스마스 때만 되면 마치 시골의 장날에 많은 사람들이 모여들어 박수치고 요란을 떨며 장사하는 것처럼 한 번도 교회 마당조차 밟아 보지 않은 사람들이 유치하기 이를 데 없는 코믹한 목소리로 캐럴을 불러 왔던 게 사실이다.

아마도 그런 음반이 순간 장사로는 최고였던가 보다. 그 때문에 요즘의 꼬마 아이들이 코미디언이 부른 코믹 캐럴을 마치 진짜 캐럴로 착각하고 있으니 이 얼마나 한심한 일인가.

그래서 이참에 아예 '진짜 캐럴은 이렇게 부르는 것이다. 아기 예수의 탄생은 이런 의미를 가지고 있으므로 그 탄생을 축하하는 캐럴은 이런 마음 자세로 부르는 것이다' 라며 알려 줄 수 있는 계기가 될 수 있겠다는 생각이었다.

둘째로는, 우리나라의 복음성가 가수도 얼마든지 일반 방송에 출연할 수 있다는 전례를 만들 수 있는 좋은 계기가 된다는 것이다.

미국의 유명한 복음성가 가수 '에미 그란트' 나 '샌디 패티', 그리고 '마이클 스미스' 같은 사람도 일반 방송의 쇼 프로그램에 출연해서 자신의 복음성가를 부르기도 하고, 빌보드 순위에서도 복음성가가 10위권 안에 들어가는 것을 보고 그들의 문화현상을 얼마나 부러워했는지 모른다.

비록 크리스마스 특집이라고 하는 한시성이 있기는 하지만 어쨌든 순수 복음성가 가수가 전국으로 방송되는 일반 방송에 출연한다는 것은 새로운 전례를 만들 수 있는 충분한 계기가 된다고 생각되었다.

처음 시도하는 것이긴 하지만 이 프로그램이 성공만 거둔다면 정기적인 복음성가 프로그램도 만들 수 있고, 복음성가 가수들이 일반 방송국을 자연스럽게 드나들 수 있는 계기가 될 여지가 충분히 있다고 생각했던 것이다.

셋째로는, 특집 방송에 출연한 복음성가 가수를 통해 다른 후배들에게 희망과 도전 의식을 불어넣어 줌으로써 우리나라의 복음성가 계에 새로운 활력소를 제공해 줄 수 있지 않겠느냐는 것이다.

복음성가 가수가 일반 방송에 출연하는 것이 대단한 것은 아니지만 그래도 열심히 찬양 사역을 하고, 그와 더불어 음악적인 소양도 함께 길러 수많은 대중 앞에 섰을 때 많은 사람들로부터 사랑을 받게 된다면 그것 또한 기쁜 일이 아니겠는가. 그렇게 될 때 복음성가가 대중화되고, 복음성가 가수로서 새로운 대중의 스타가 될 수도 있다는 내 나름대로의 이런저런 생각을 하니 정말 가슴이 벅찼다.

이런저런 이유로 나는 특히 음악에 있어서 편곡에 신경을 썼다. 자칫하면 캐럴의 편곡이 너무 본래의 의미를 상실한 채 흥겨운 분위기만 연출될까봐 더더욱 편곡에 신경을 쓰지 않을 수 없었다. 그대신 무대 배경은 최대한 크리스마스 분위기가 나도록 해달라고 무대 미술 담당자에게 특별히 주문해두었다.

그렇게 방송녹화 날이 하루하루 다가왔다. 이렇듯 가슴 벅차게 방송녹화 날을 기다려 본 적이 또 어디 있었을까?

드디어 녹화 날 아침, 스튜디오 안은 밤새 차가워진 공기가 아직 데워지지 않아 쌀쌀했으나 추위에도 아랑곳하지 않은 채 망치소리가 스튜디오 안을 가득 메우고 있었다. 특별히 주문한 무대를 만드느라 많은 사람들이 바쁘게 왔다갔다 하고 있었으며, 조명의 위치를 조정하는 사람, 그리고 한 쪽에서 열심히 악보를 들여다보며 음을 맞추는 연주 팀들이 부산하게 움직이고 있었다. 한 편의 쇼를 만들기 위해서는 적어도 백여 명의 사람들이 동분서주하게 된다.

대본을 손에 들고 녹화 준비로 스튜디오 안에서 바쁘게 이리 뛰고 저리 뛰고 있을 때 전화가 왔다.

"예, 제가 김종철입니다. 누구세요? 뭐라구요? 그게 무슨 말씀이세요?"

난 그 전화를 받아 들고 몇 마디 이야기를 주고받다가 영화 속의 한 장면처럼 그만 수화기를 땅에 떨어뜨리고 말았다. 갑자기 하늘이 빙그르르 도는 것 같았고, 스튜디오 천장에 매달려 있는 조명등들이 내 얼굴로 쏟아져 내리는 것 같은 현기증을 느꼈다.

"다시 한 번 말씀해 보세요? 지금 뭐라고 그랬죠?"

"오늘 녹화를 못할 것 같아요. 우리 남편이 도저히 일어날 수가 없대요."

"노래를 못 한단 말입니까? 이, 이, 이유가 뭔데요?"

난 너무도 황당해서 말도 더듬거렸다.

"어젯밤 밤새 녹음실에서 녹음을 했거든요. 그랬더니 몸살이 났나 봐요."

"아니 무슨 녹음을 했다고 그래요? 오늘같이 중요한 일을 앞두고…."

"저도 자세한 건 모르겠는데요, 어쨌든 오늘 몸이 아파서 방송국에 갈 수 없으니 그렇게 아세요. 끊겠습니다."

"잠깐만요."

"왜요?"

"왜라뇨? 이게 무슨 애들 장난하는 건지 알아요? 오늘의 녹화 때문에 얼마나 많은 스태프들이 지금 준비를 하고 있고, 또 그동안 예고 방송을 통해서 특집 방송이 나간다는 걸 시청자들에게 다 알렸는데, 그럼 시청자들은 뭐가 되는 겁니까? 여러 소리 할 것 없이 당장 남편 좀 바꿔 주세요."

"지금 자고 있어요."

"자든 말든 어서 깨워서 바꿔 달라구요."

이럴 때일수록 흥분을 가라앉히고 차분히, 그리고 이성적으로 사람을 대해야 하는데 나는 그 순간 이성마저 멀리 출장 가고 말았다. 그때에 흥분조차 하지 않고 있으면 난 그 자리에 쓰러지고 말았을지도 모른다. 도대체 이 일이 어떤 일인데… 하나님과 나와의 관계는 둘째 치더라도 우선 나는 방송국에서 어떻게 된단 말인가?

"바꿀 수 없어요."

전화기 속의 목소리는 너무도 태연했다.

"그러지 말고 좀 바꿔 주세요. 오늘 녹화가 어제오늘 얘기해서 준비된 것이 아니잖아요. 벌써 한 달 전에 이야기가 시작된 거라구요. 그런데 이렇게 무책임하게 일방적으로 펑크를 낼 수 있는 겁니까? 녹화를 불과 두 시간 남겨 놓고 말입니다."

그러나 그렇게까지 하소연하는 내 목소리는 그저 허공을 맴돌 뿐이었다. 수화기에서는 이미 "뚜뚜뚜~" 하는 규칙적인 신호음만 들려오고 있었다.

얼굴이 하얗게 질린 채 다시 스튜디오로 돌아와 담당 PD에게 자초지종을 얘기했다. 얼굴이 하얗다 못해 검게 변해 버린 PD는 나를 원망할 수밖에 없었다. 내가 그렇게도 자신 있게 그 사람을 추천했으니 말이다.

그 날 새벽부터 부지런히 망치질 소리를 들으며 세워졌던 특집

세트는 조명 한 번 받아 보지 못한 채 그대로 철거되어야만 했다.

하지만 특집 방송은 나가야 했기 때문에 프로그램 자체를 취소할 수는 없었다. 다음 날 오후, 부랴부랴 코미디언과 인기 가수를 섭외해서 캐럴을 부르게 했다. 어제 세웠다가 뜯어낸 무대 세트 대신 네온사인과 여자의 입술이 크게 그려진 쇼 세트를 세워 그 앞에서 코믹 캐럴을 부르게 했던 것이다.

"흰눈 사이로 썰매를 타고 달리는 기분 상쾌도 하다 달릴까 마알까…"

나중에 안 사실이지만 복음성가 가수가 어떻게 일반 방송에 나가느냐는 문제를 놓고 같은 복음성가 가수들끼리 말이 많아 이로 인해 본인도 갈등을 많이 했다고 한다. 그래서 정작 당일 날 아침 부인을 통해서 내게 일방적 통고를 해왔던 것이다. 그러면 그렇다고 진작 얘기를 할 것이지, 나도 나름대로 다른 방법을 얼마든지 더 찾아볼 수 있었을 텐데….

크리스마스 이브 날 교회를 다녀와서 그 방송을 보았다. 코미디언이 나와서 "달릴까 마알까…" 하는 코믹 캐럴을 부르는 그 프로그램을 말이다.

"에이, 바보 같은 사람 같은니라구."

바보 같은 표정으로 노래하는 그 코미디언이 바보 같은 사람이라는 것이 아니라 정작 노래를 했어야 하는 그 복음성가 가수가 정말 바보 같은 사람이라는 것이다.

정말 바보 같은 사람….

＋ ＋ ＋

방송국의 돼지머리

　스튜디오 앞에서 평소부터 잘 알고 지내던 FD를 만났다. 그 친구는 나의 고등학교 후배이기도 했는데, 어느 때부터인가는 방송국의 FD로 들어와 드라마 촬영 팀에 합류해서 여러 가지 잡일을 맡아 하고 있었다. 서로 일하는 분야가 다르고 녹화 날짜도 다르기 때문에 여간해선 방송국에서 마주 치기가 어려운데 그 날은 아주 우연히 마주친 것이다. 그런데 그 친구는 날 보자마자 한숨부터 푹 내쉬었다.

　"왜 그래?"

　"나 보고 돼지머리를 구해 오라는데 돼지머리가 없어요."

　"웬 돼지머리?"

　"스튜디오에서 고사 지낸 대요."

　"고사라니?"

　"왜 그런 것 있잖아요, 드라마 처음 녹화할 때 사고 나지 말라고 고사 지내는 것 말예요. 소품실에 돼지머리가 하나 있길래 그걸 갖고 갔더니 퇴짜 맞았지 뭐예요? 고사 지내는 돼지머리는 뭐 웃고 있어야 한다나요? 그런데 소품실에 있는 돼지머리는 웃기는커녕 기분 나쁘게 인상을 쓰고 있어서 재수가 없다지 뭐예요. 내가 뭐 돼지머리 구하러 방송국에 들어왔나?"

218

얼마나 뛰어다녔는지 땀을 흘리며 벌겋게 달아오른 얼굴로 숨을 헐떡이며 아무렇게나 소파에 주저앉아 있는 그 친구의 모습을 보니 안쓰럽기까지 했다.

방송국에서 돼지머리를 놓고 고사를 지내는 일이 자주 있는 것은 아니지만 가끔씩 이런 진풍경이 벌어지기도 하고, 또 그 모습은 연예부 기자들에 의해 신문에 나오기도 한다. 나 또한 영문도 모르고 몇 번 고사떡을 받아먹은 적도 있었다.

방송국에서 고사를 지내는 이유는 아주 단순한 것에서부터 시작된다. 이번에 새로 시작하는 방송 프로그램의 시청률이 팍팍 올라가서 인기 있는 프로그램이 되었으면 한다는 것과 드라마를 촬영하다 생기는 크고 작은 사고들이 일어나지 않기를 바라는 마음에서이다.

실제로 방송 프로그램을 만들다 보면 여러 가지 사고들이 발생하는데 멀쩡하게 서 있던 세트가 무너지는가 하면, 야외 촬영을 하다가 연기자가 교통사고를 당하는 경우도 종종 발생한다.

그리고 비싼 돈 들여서 드라마를 만들어 놓았는데 시청률이 오르기는커녕 신문의 방송 비평란에서 저질이니, 일본 드라마와 유사하다느니, 연출이 엉망이라느니 하는 식으로 몇 번 혹평을 당하기 시작하면 담당 PD는 정신 못 차릴 정도가 되어 버린다.

그때 누군가가 옆에서 "고사를 안 지내서 그래"라고 한 마디 던지면 처음엔 "무슨 고사를 안 지냈다고 이런 일이 생겨?" 했다가도 반복해서 알 수 없는 사고가 계속 생기고 시청률이 오르지 않으면 '진짜 고사를 안 지내서 그런가?' 하는 생각을 하게 된다.

어쨌든 공부도 많이 했다는 사람들, 대중의 문화를 선도하는 일을 한다고 자처하는 사람들이 모여서 하는 일에 고사를 지낸다는 것은 정말 아이러니가 아닐 수 없다.

그러고 보니까 얼마 전에 신문에서 읽은 기사가 생각이 난다. 애니메이션 영화 제작에 참여했던 우리나라 최고 인기 만화가와 미국의 할리우드에서 컴퓨터 애니메이션 영화 기술을 배워 온 사람이 힘을 합쳐 만드는 만화영화의 제작 발표회에서도 고사를 지냈다고 한다.

그런데 역시 컴퓨터를 다루는 사람들이라서 그런지 고사도 아주 신식으로 했다고 한다. 고사 상에 돼지머리 대신 컴퓨터 한 대를 올려놓았는데, 그 화면에 방긋방긋 웃고 있는 돼지머리 화상이 있었다고 하니, 상상해 보라. 웃음이 절로 나오는 상황이 아닌가.

낙타가 바늘구멍을 통과하기보다 더 어렵다는 방송국 시험에 통과해서 입사했다는 PD와 직원들, 그리고 작가와 연기자들이 돼지머리 앞에 일렬로 서서 절을 하고 돼지머리 입에 지폐를 넣어준다고 해서 드라마의 시청률이 올라갈까?

그렇게 해서 시청률이 올라간다면 아마 이 세상에는 재미없는 드라마가 하나도 없게 될 것이다. 대중문화를 이끌어 간다는 사람들이 모여 웃는 모습, 죽은 돼지머리의 입에 지폐를 넣고 절을 하는 모습이란….

"하나님, 적어도 제가 쓰는 프로그램에서는 고사 지내는 일은 없을 테니 걱정일랑은 꼭 붙들어 매십시오. 하지만 시청률 하나 만은 책임지시고 팡팡 뛰어 오르게 해주십시오. 괜히 시청률 떨어지면 누군가 '고사를 안 지내서 그래'라는 소리가 나올지도 모르니까 말입니다.

하나님 억울해요. 나보고 싸탄이래요

이번에는 누구를 출연시킬까? 누구를 출연시켜서 하나님께 잘했다는 소리를 들을 수 있는 한 건을 올릴까? 이런저런 궁리 끝에 떠오르는 사람 하나! 그래 그 사람이야. 그 사람 정도면 될 거야.

왕년에, 그러니까 그 사람이 예수를 믿기 훨씬 이전에는 인기가 절정에 있었던 가수였다. 얼마나 인기가 좋았는지 그의 집 앞에는 늘 열성 팬들로 북적거렸고, 그의 음반은 날개 돋친 듯 팔려 나갔었다. 그런데 언제부터인가 텔레비전 화면에서 뜸해지더니 요즘은 아예 얼굴을 볼 수가 없는 가수이다.

'도대체 지금쯤 무얼 하고 지낼까? 살아 있을까, 아니면 죽은 걸까?'

그런데 바로 그 사람이 지금은 예수님을 믿고 아주 독실한 신자가 되어서 누가 뭐래도 전도와 기도의 열정으로 가득찬 삶을 살고 있다는 것을 들은 적이 있다.

좀더 구체적으로 이야기하자면 그는 한창 인기가 있을 무렵, 도저히 현대 의학으로는 고칠 수 없을 정도의 속병을 앓고 있었지만 인기 관리 때문에 전혀 내색을 할 수가 없었다고 한다. 그런데 그 병은 더욱 깊어만 갔고 마침내 인기도, 명예도, 뒤로 한 채 병원 신세를 져야만 했었다.

사람들의 기억 속에서 잊혀져 가고 있다는 것을 알았을 때 그는 몸서리치도록 외로움과 절망감을 맛보아야 했고, 불신과 배신감으로 인생의 기쁨을 찾을 길이 없었다고 한다.

그런 그에게 찾아온 분이 바로 예수님, 그는 그 후로 기적처럼 병고침을 받았고, 병원에서 퇴원했으며 가수생활을 다시 시작할 수가 있을 만큼 건강이 회복되었다. 그러나 그 후에 그는 무대로 돌아오지 않았다. 그래서 우리의 기억 속에서 서서히 잊혀져 가고 있었던 것이다.

대충 이런 정도의 간증 거리를 다른 사람을 통해서 들은 적이 있었던 나는 그 사람이야말로 우리 프로그램에 출연해야 한다는 생각이 들었다. 잊혀진 옛 가수의 얼굴을 다시 한 번 시청자들에게 보여 주고, 그가 고생했던 병과의 싸움 이야기를 하면서 아주 자연스럽게 예수님 이야기를 꺼내고, 요즘의 신앙생활 이야기까지 곁들일 수 있다면 얼마나 좋을까?

좋다! 그 사람을 불러내자. 지금은 잊혀진 옛날 스타의 전화번호를 알아내는 일이란 그렇게 쉬운 일이 아니다. 그럼에도 불구하고 아주아주 어렵게 그 사람의 전화번호를 알아내어 전화 다이얼을 눌렀다.

"따르릉~"

"여보세요? 안녕하세요. 저는 방송작가 김종철입니다."

"그런데요?"

조금은 차가운 대답이었다. 난 반갑게 받을 줄 알았는데….

"다름이 아니구 말이죠, 우리 토크쇼 프로그램에 나오시라고…."

"이것 보세요, 전화 잘못 거셨습니다. 나는 이제 텔레비전에 안 나갑니다."

"왜요?"

"왜라뇨? 그런 곳에 무엇 하러 나갑니까? 세상에서 헛되고도 헛된 것이 바로 텔레비전인데."

"아니, 그건 또 무슨 말씀이십니까?"

"작가 선생도 어서 그런 헛된 일 그만두시고 하늘의 소망을 이루는 일을 하도록 하세요. 전 주님을 믿는 사람입니다. 예전에 제가 주님을 몰랐을 때에는 세상의 인기와 명예, 그리고 돈과 쾌락을 좇는 부나비 같은 인생을 살던 인간이었어요. 그런데 제가 주님을 만난 이후로 깨달았어요. 그것이 얼마나 헛되고 헛된 것인지를 말입니다. 그래서 이제는 세상의 인기에는 연연하지 않고 오로지 하나님 앞에서만 인기 스타가 되기로 했습니다. 그러니까 저는 그런 텔레비전에는 안 나갑니다. 더구나 토크쇼라뇨? 저한테 쇼가 말이나 되는 소리입니까? 안 나가요."

갑자기 숨이 턱 막혀 버렸다. 뭐라고 대답을 해야 하지?

"그렇게만 말씀하실 것이 아니라…."

"글쎄, 전 안 나간다니까요."

"지금 저한테 하신 말씀 그대로를 방송에서 해주시면 되잖아요. 시청자들이 얼마나 궁금해 하는데요. 요즘 도대체 어떻게 지내시는지 말이에요."

"그리고 저는 요즘 복음성가 테이프를 제작하려고 준비 중이에요. 그래서 한참 기도로 마음의 준비를 하고 심령을 가다듬는 중인데 그런 곳에 나가면 마음이 흐트러진단 말이에요."

"흐트러지긴 왜 흐트러져요? 그럼 우리같이 이런 일을 날마다 하는 사람은 매일 흐트러져 있겠네요?"

"그야 당신들 사정이죠."

"나, 참…!"

"그리고 우리 목사님께서 뭐라고 그랬는 줄 아세요? 아마 제가 복음성가 테이프를 준비하다 보면 반드시 사탄의 시험이 올 것이라고 했어요. 그런데 정말 전화가 오네요. 제발 날 시험하지 마세요. 찰카닥!"

세상에 이럴 수가… 난 한동안 수화기를 내려놓지 못하고 멍하니 있을 수밖에 없었다. 너무나 믿음이 뜨거워서 그런가 싶지만 그래도 그렇지. 하지만 방송작가가 이래저래 출연을 부탁하려고 전화를 했는데 요즘 한창 복음성가 테이프를 준비하느라고 출연을 수차례에 걸쳐 거절했었다. 그런데 사정 끝에 시청자 여러분이 보고 싶어 한다니 안 나올 수가 없었다. 이런 식으로 얘기를 시작한다면 구성이 더 재미있을 것 같았다.

그렇다면 이번에 다시 전화를 해서 '나는 이만저만한 사람인데 우리 방송을 통해서 실컷 간증이나 한 번 해봅시다' 하는 식의 정 공법으로 이야기를 하는 수밖에 없을 것 같았다.

"여보세요? 조금 전에 전화를 했던 사람입니다. 사실은 말이죠. 저도 아주 어려서부터 교회를 다니는 사람이거든요. 제가 집사님께 출연을 부탁한 것도 사실은…."

"참 이상한 분이네요. 제가 한 번 안 나간다고 했으면 됐지, 왜 자꾸 전화를 걸고 그러세요?"

"이것도 하나님께서 주신 기회라고 생각을 해보세요. 얼마나 좋은 시기입니까? 더구나 복음성가 테이프도 준비하신다면 서요."

"교회에 다니신다구요?"

갑자기 전화기 속에서 부드러운 말씨가 들려 나왔다.

"그렇다니까요."

난 이제야 말이 좀 될 것 같다는 반가운 생각이 들었다. 그런데 한참이나 저쪽에서 아무런 반응이 오지 않았다. 가만히 숨 쉬는 소리만 수화기를 통해서 들려왔다.

"여보세요?"

나는 다시 한 번 상대방을 불렀다. 그때였다. 갑자기 꽥하는 소리가 들려왔다.

"이 싸탄아! 예수 이름으로 명하노니 물러갈지어다. 예수의 가면을 뒤집어쓴 싸탄아 물러갈지어다. 찰카닥!"

"……"

이 상황에서 무슨 말이 더 필요할까? 나보고 사탄이라니. 아니 그냥 사탄도 아니고 싸탄이라니. 하나님 들으셨죠? 제가 싸탄입니까?

왜 그럴까? 예수님을 믿고 세상을 다시 태어나는 것은 당연한 일이다. 누구든지 꼭 그래야 한다. 과거에 세상의 헛된 욕망을 쫓아 살고 쾌락 속에서 살다가 예수님을 만난 뒤로는 그 모든 것을 버리고 오로지 하나님만을 바라보며 살아가는 것은 정말 당연한 일이다. 하지만 과연 예수님을 믿게 되었다고 해서 현재 내가 하고 있는 일마저 완전히 정리하는 것이 바람직한 것일까?

예를 들어서 방송국의 PD가 예수님을 믿게 되었다고 해서 사표를 내고 목회자의 길을 간다든지(실제 그런 사람도 있었다), 아니면 PD도 나름대로 달란트라고 생각을 하고 세상의 방송국을 그만

두고 기독교 관련 방송국에 들어가서 일을 하는 것만이 옳은 일일까?

세상 노래를 부르던 가수가 예수님을 믿게 되었다고 해서 가수 활동을 그만두고 복음성가만 부르는 가수가 되는 것만이 정말 잘하는 것일까? 그리고 예수님을 믿으면서도 세상 노래를 부르며 세상의 인기를 좇고 있는 다른 크리스천 가수들의 신앙이 성숙되지 못하다고 판단할 수 있는 것일까?

수년간의 연기 경력을 갖고 대중의 인기를 누리던 중견 탤런트가 예수님을 믿게 되었다고 해서 어느 날 갑자기 모든 활동을 접어두고 다른 일을 한다던가, 아니면 목회자의 길을 걷겠다면서 연기자 은퇴를 선언하는 사람도 종종 있다. 그리고 그들은 어쩌다 한 번 제작되는 기독교영화에서 아주 은혜스러운 표정으로 연기를 하며 그 모습을 보여 주기도 한다.

지금도 기독교방송국이나 극동방송국에 가보면 그런 분들을 가끔 만나게 된다. 물론 그것이 잘못되었다는 것은 절대로 아니다. 하지만 예수님을 믿는다고 해서 모든 크리스천들이 자기의 전문 영역을 외면하고 믿는 사람들끼리만 모여서 일하는 것은 조금 좁은 생각이 아닐까?

특히 아주 특별한 달란트를 가지고 있는 사람, 예를 들어서 연기를 하거나, 시나리오 같은 글을 쓰거나, 노래를 하거나, 보통 사람은 하고 싶어도 할 수 없는 분야에 있는 사람이 자신만의 독특한 달란트를 활용하여 그 작업의 현장에서 전도를 하고 선교를 하는 것도 좋지 않겠느냐는 것이다.

중견 탤런트로서 선배보다는 후배가 더 많은 한인수 장로님의 이야기는 그런 면에서 정말 귀담아 들을 것이 많다.

"우리 같은 연기자는 연기를 할 때보다 자신의 차례를 기다리는 경우가 많습니다. 촬영 중간 중간마다 대기실이나 분장실에서 동료 연기자들과 기다리는 시간이 많은데 다른 사람들은 그 시간을 별 의미 없이 보내는 경우가 많습니다. 하지만 난 그 시간을 이용해서 후배들에게 전도를 하고 있죠."

사실 연예인이라는 직업은 보기보다 유혹의 손길의 기회가 훨씬 많다는 것을 얼마든지 짐작할 수가 있다. 더구나 인기의 기복이 심한 직종이다 보니까 영광보다는 좌절감이나 외로움을 더 많이 느끼는 일이기도 하다.

그런 사람일수록 신앙이 더욱 필요한 것은 두말 할 필요가 없는 일이다. 그렇다고 해서 방송국에서 일하는 사람을 전도하겠다고 아무나 찾아갈 수도 없는 일이 아닌가?

그렇다면 연예인을 가장 효과적으로 전도할 수 있는 사람은 역시 같은 연예인, 그리고 선배 연예인이 훨씬 유리하다고 볼 수 있다. 그런데 예수를 믿었다고 해서 너나 할 것 없이 방송국을 떠나버리면 방송국 내에서의 전도는 과연 누가 한단 말인가?

꼭 방송국에서 일하는 연예인의 경우가 아니더라도 각자 독특한 분야에서 일을 하고 있는 전문 직종의 사람들이라면 다 마찬가지일 것이다.

디자이너가 되었든, 컴퓨터 프로그래머가 되었든, 외환 딜러가 되었든지 간에 자신이 처해 있는 그 분야에서 더욱 유능한 사람이 되어 믿음을 가지고 주변 사람들부터 전도해 나가는 것이 더욱 바람직한 일이 아닐까?

그런데 그 집사님은 왜 그렇게 모질게 전화를 끊어야만 했는지 한동안 수화기를 내려놓지 못하고 난 그냥 하늘만 쳐다볼 수밖에 없었다.

"하나님, 이게 대체 무슨 날벼락입니까? 저보고 사탄이라뇨? 그냥 사탄도 아니라 싸탄이래요. 정말 억울합니다. 하나님."

❖ ❖ ❖

신이 널 선택했어? 내가 언제 그랬는데…

"무당 어때? 무당말이야."

설날을 얼마 앞둔 어느 날, PD가 회의탁자에 잡지 여러 권을 던지며 한 말이다. 그 잡지에는 우리나라에서 한참 잘 나간다는 무당들을 여러 명 인터뷰한 기사와 함께 사진까지 실려 있었는데 PD가 그 기사를 읽고 아이디어가 떠올랐는가 보다.

아무리 국제화, 세계화가 되었다고 해도 아직까지는 구정을 보내고 있는 사람이 많은데, 그렇다면 새롭게 시작하는 한 해를 맞이하는 구정특집으로 요즘 한창 인기가 있다는 무당을 출연시켜서 금년 운세에 대해서 들어보자는 이야기인가 보다.

그래도 그렇지, 왜 하필이면 무당이란 말인가? 그것도 내 프로그램에… 하기야 나 같은 사람이나 무당을 싫어하지. 그렇지 않은 사

228

람들에게는 무당들이 나와서 이야기하는 것이 무척 흥미 있어 보일 수도 있겠지(사실은 교회에 다니는 사람들 중에도 심심치 않게 점을 보러 다니는 사람이 많다고 한다).

그래서인지 요즘은 어느 잡지든지 간에, 특히 스포츠신문 같은 데에서는 아예 점쟁이나 역학자들이 쓰는 오늘의 운세 같은 것을 고정으로 게재하는 경우가 많은 것 같다.

아무리 그래도 그렇지 내가 쓰고 있는 방송 프로그램에서마저 무속인이나 점쟁이가 나온다는 것은 영 맘에 안 드는 일인데, 이걸 해야 하나 말아야 하나. 그렇지 않아도 기독교 언론에서 우리나라 각 매스컴에서의 무속인 등장에 대해 곱지 않은 시선을 보내고 있는 것도 사실이다.

특히 강남의 어느 백화점이 무너졌을 때 무속인들이 현장을 찾아와서 어디쯤 생존자가 있을 거라는 등의 점을 치는가 하면 그런 모습이 생방송으로 전국에 방송되고 또 때마침 찾아온 이스라엘의 초능력자라는 '오렌' 이라는 젊은 청년도 현장에 나타나 한 마디 거들고… 그것뿐인가? 잘 팔린다는 여성 월간지에는 너나 할 것 없이 김일성의 죽음을 알아맞혔다는 무속인들을 인터뷰해서 다음 번 재앙은 언제쯤이며, 어떤 내용이라는 식의 공포 분위기까지 조성하고 있다.

또 이제는 한술 더 떠서 텔레비전의 쇼 프로그램과 코미디 프로그램에서도 무속인이 출연해 "연예인 누구누구는 결혼 운이 어떻고, 재물 운이 어떻고, 궁합은 어떻고…" 하고 있으니 어쩌다가 이렇게도 무당들이 대접받는 시대가 되었는지 정말 모르겠다. 그런데 이제 나까지도 그런 사람과 한통속이 되어서 무속인이 등장하는 프로그램을 만들게 되다니.

과거에는 교회를 다녔지만 어느 때인가부터 강신(降神)이 되어서 무당이 되었다는 여자, 신이 자기를 점찍었다나 어쨌다나, 그리고 하늘의 비밀스런 기(氣)를 세상 사람들에게 알려 주는 기 전문 도사 누구누구… 그리고 언젠가 자기 발로 방송국에 찾아왔던 표정도사.

이렇게 세 사람을 한꺼번에 무더기로 출연시켜서 도대체 우리나라의 장래는 어떻게 될 것인지에 대한 점괘를 서로 이야기하게 하고 비교분석을 하자는 게 바로 PD의 생각이었던 것이다.

더군다나 경제가 어려워지고 자살하는 사람들이 속출하는 이 마당에 앞으로 더 얼마나 힘들게 살아야 하는지에 대한 두려움의 기대 심리가 팽배해져 있는 현대인들에게 한 번쯤 무속인의 예언도 들어볼 만하지 않겠느냐는 것이었다.

신앙이 없는 PD의 입장에서는 얼마든지 그런 생각을 해 볼 수도 있다. 하지만 그렇다고 나까지도 좋다고 박수치며 따라갈 수 없는 입장이니 정말 난감하지 않을 수 없었다. 그래서 나름대로 한 가지 결론을 내렸다.

일단 해보자. 하긴 하되 이 기회에 무속인들이 얼마나 엉터리인가를 방송을 통해 그대로 보여 주면 되는 것 아닌가? 무속인들의 말이라면 무조건 신비하게 듣는 사람들의 태도를 이번 기회에 싹 고치고, 그들에 대한 기대 심리를 한꺼번에 무너뜨려 버리자. 그렇다면 구성 대본도 역시 그쪽으로 써야 하는데… '하나님, 정말 이번에는 기가 막힌 지혜를 주셔야 합니다. 상대는 기가 세다는 무당들 아닙니까?'

얼마 후 나는 PD와 함께 그 잘 나간다는 무당들을 차례로 만나서 인터뷰를 했다. 그리고 나중에는 그들을 한자리에 모이게 한 다음 대질 심문에 들어갔다. 그런데 이게 웨일인가?

우선은 무당이 한 사람만 출연하는 것이 아니라 여러 사람이 한꺼번에 출연한다는 것을 안 그들의 얼굴색이 영 편치 않았던 것이다. 이미 각 매스컴을 통해 서로가 모르는 사람들이 아님에도 불구하고 그들은 서로 마치 처음 보는 사람인양 (서로를 비하시키는 듯한 말투와 함께) 서로를 힐끔 쳐다보더니 그 후에는 절대로 서로에게 눈길을 주지 않았다. 그리고 그렇게 어색한 시간이 어느 정도 지난 다음 서서히 이야기보따리가 풀어지기 시작했다.

"우리나라는 금년 안에 또 다른 커다란 사고가 있습니다. 아마 수백 명의 목숨이 사라지게 될 것입니다. 지금 내 눈에 선합니다."

"그게 아니죠. 우리나라는 앞으로 3년 동안 아무 일 없습니다. 액땜은 지난해에 다 끝났어요."

그러자 옆에서 지그시 눈을 감고 있던 또 다른 무당이 끼어들며 "어허! 무슨 소리. 우리나라는 내년에 우환이 있습니다. 보세요, 내 말이 틀리나."

일관성이 없는 이야기로 옥신각신하더니 잠시 후 정치문제로 돌아섰다.

"우리나라는 3년 내에 내각제로 바뀝니다."

"그런 소리 마세요. 우리나라는 앞으로 백 년 동안 대통령제로 갈 겁니다."

"······"

"다른 분께서는 어떻게 생각하십니까?"

"글쎄요. 난 그런 계시는 받은 적이 없어서 뭐라고 말할 수가 없네요."

'쿡 (속으로 웃는 소리)'

그렇게 서로 말이 안 맞는 것은 당연하고 시간이 지날수록 대화는 자기들만의 다툼으로 계속 이어졌다. 그러다가 갑자기 언성이 심하게 높아졌다.

"이 양반아! 왜 말도 안 되는 소리를 자꾸 하고 그래?"

"누가 말도 안 되는 소리를 했다고 그래?"

"당신이 지금 그랬잖아."

"난 우리 신이 가르쳐 준 대로 이야기했을 뿐이야."

"신? 웃기고 있네. 내가 당신한테 언제 그런 소릴 했어?"

점점 과열된 대화는 이 정도에서 정리를 해야만 했다. 이야기를 더 진행했다가는 테이블이 날아갈 것 같았기 때문이다. 인터뷰를 마치고 방송국으로 돌아오는 차안에서 PD는 약간 흥분된 표정을 보였다.

"야, 재미있겠다. 저런 무당들이 방송에 나와서 서로 자기 이야기가 옳다고 싸우는 모습이 방송으로 나가면 그 자체가 히트 감이다. 그치?"

PD는 무당들이 싸우는 모습을 보고 그런 생각을 했는가 보다.

"그런데 무당들이 방송에서까지 싸우겠어?"

"안 싸울까? 그럼 싸우게 하면 되잖아. MC가 싸움을 붙이고 말이야."

"잘 안될 걸?"

"왜 그래? 잘될 것 같은데. 아니야 이건 잘 될 거야."

'왜 이렇게 무당들한테 집착을 하는지 정말 불쌍한 인간 같으니라구.'

방송국에 도착해서 노트를 책상에 올려놓기도 전에 전화벨이 울렸다.

"여보세요? 방송국입니다."

"작가 선생님입니까?"

"그런데요?"

"나, 그 프로그램에 안 나갑니다."

"아니 왜요?"

"아까 만난 그 사이비 말예요. 그런 인간하고 같이 나가는 거라면 절대로 안 나가요."

"아이, 그러지 마시고…."

"아, 여러 소리 할 것 없어요. 난 안 나갑니다. 우리 신이 나가지 말래요. 찰카닥!"

전화는 그렇게 일방적으로 끊어졌다. 그리고 이어서 또 전화벨이 울렸다.

"여보세요. 방송국이죠?"

"예, 맞습니다."

"난 아무개 무당인데, 그런 프로에는 안 나가겠습니다. 다른 사람한테 알아봐요."

"왜 그러세요?"

"몰라서 물어요? 난 안 나갈 테니까 다른 데 가서 알아보세요. 찰카닥."

역시 이번에도 일방적으로 전화가 끊겼다.

"왜 그래?"

옆에서 눈이 동그래진 PD가 걱정스러운 듯 물었다.

"무당들이 안 나온대. 여러 사람이 같이 나오는 것이 싫대."

"그 무당들이 돌았나?"

정말 돈 것은 그 무당들이 아니라 PD가 돈 것이다. 난 속으로 하나님께 기도했다.

'이것도 모두 하나님의 작품이시죠? 하나님께서 이 일을 원하지 않으셨던 거죠? 하나님께서 이 일을 무산시켜 놓으신 거죠? 감사합니다. 하나님!'

그렇다. 어느 집단, 어느 팀에서든지 간에 단 한 사람만이라도 하나님을 믿고 사모하는 사람이 있다면, 그래서 그 사람이 정말로 하나님께서 원하시는 일만 하고 싶어 하는 사람이 있다면 반드시 하나님께서 그 속에서도 살아 계셔서 역사 하신다.

물론 오늘아침의 어느 잡지에도 무속인의 인터뷰 기사가 대문짝만하게 실렸다.

'어서 빨리 이 잡지사에도 예수 믿는 기자가 들어가야 할 텐데….'

정말 믿음 좋고 실력 있는 크리스천들이 세상의 문화 현장 속에, 그리고 대중 매체의 한가운데 뛰어 들어가서 그리스도의 매체로 그 체질을 바꾸게 해야 하는데….

"잠시나마 나하고 얼굴을 맞대었던 무당들이여, 미안하지만 이젠 아듀… 더 이상 당신들이 활개 치는 세상이 되기는 힘들 거요. 하나님의 보호하심 아래 내가 이렇게 버티고 서 있으니까!"

하나님, 저 좀 깨워주세요

오늘 코미디언 이용식 집사를 만나서 인터뷰를 했다. 이용식 집사는 결혼한 지 8년이 되어도 아이가 없어서 맘고생이 심했고, 이러한 사실은 방송국 안에서도 알 만한 사람들은 다 아는 얘기였다. 온갖 약을 다 써보고 여러 병원을 순례해 봤지만 그 원인을 알 수가 없었다. 그런 그에게 얼마 전에 기적 같은 일이 생겼다. 8년 동안이나 임신하지 못했던 부인이 임신을 한 것이다.

도대체 무엇을 어떻게 했기에 의사도 고개를 설레설레 흔들었던 불임이 완치된 것일까? 많은 사람들이 그 비결을 알고자 했지만 그 비법이란 사실 아주 간단한 것이었다.

"8년 동안 아무도 해결해 주지 못한 문제를 아주 간단히 해결해 주신 분이 계십니다. 그분은 바로 하나님이시죠. 그렇다고 해서 아무에게나 하나님께서 그런 복을 주시는 것은 절대로 아닙니다. 그럼 어떻게 하면 되냐구요? 새벽예배를 나가는 겁니다. 정답은 바로 새벽예배라니까요."

8년 동안 얼마나 많은 민간요법에다 별의별 방법을 다 동원해 보았을까? 그러다가 이용식 집사와 그의 부인이 마지막으로 선택한 것이 바로 새벽예배였던 것이다.

"남들이 아직 일어나지 않은 새벽에 아내와 함께 차를 몰고 교회를 가는 그때의 기분이란 얼마나 상쾌한지 모릅니다. 혹시 무슨 문제가 있거나 해결 되어야 할 문제가 있는 분은 새벽예배를 나가 보시라니까요."

이용식 집사가 새벽예배를 참석한다는 것은 마치 주방장이 일주일 금식기도 하는 것보다 더 어려운 일이라는 것을 나는 잘 안다. 왜냐하면 항상 밤늦게 일을 끝내고 집으로 돌아오면 새벽 한두 시가 되는데 그런 그가 새벽에 또다시 무거운 몸을 이끌고 일어난다는 것은 거의 불가능했던 것이다.

그럼에도 불구하고 새벽 제단을 쌓은 이용식 집사의 그런 열심에 아마도 하나님께서 탄복하셨는가 보다. 너무나 예쁜 딸을 선물로 주셨으니 말이다.

새벽예배를 통해 얻은 기도응답에 대한 얘기를 얼마 전에 또 들었다. 바로 집사람의 언니에게서 들은 얘기였다. 처형 네는 종로에서 작은 음식점을 몇 년 전부터 해왔었다. 교회의 장로님답게 음식점의 이름도 '갈릴리 분식' 이라고 했다.

그 음식점에서는 아무리 자주 오는 단골 고객일지라도 절대 담배를 피우지 못했으며, 배경 음악으로도 항상 찬송가나 복음성가 테이프를 틀어 주었다. 벽에다가도 '우리는 기도와 정성으로 음식을 만들고 있습니다' 라고 써 붙였으니 절대로 상한 음식이나 지저분한 음식은 내놓지 않겠다는 일정의 직업적인 신념을 신앙과 절묘하게 결부시킨 그런 음식점이었다.

그래서 한때는 주변의 기독교방송국과 백주년기념관, 그리고 여전도회관을 찾아온 많은 크리스천들이 즐겨 찾는 꽤나 소문난 집이었다. 그런데 어느 날부터인가 이들 부부에게 고민이 생겼다. 기독교방송국이 목동으로 이사를 가면서부터 손님의 발길이 점점 끊어지더라는 것이다.

처음엔 '이러다가 나아지겠지' 하고 생각했는데 시간이 지날수록 더 심각해졌다. 오죽하면 '모두 집어치우고 다른 걸 해 볼까, 아니면 식당 이름도 그냥 일반적인 것으로 바꾸고, 담배도 피우게 하고, 음악도 최신 유행 곡으로 틀어 줘 볼까? 그것도 아니면 실내 장식을 완전히 뜯어 고쳐 볼까?' 이런 식으로 별의별 생각을 다 했었다고 한다.

그렇게 한참 동안 인간적인 생각으로만 머리를 굴리다가 그제서야 그는 무릎을 "탁" 쳤다. '그래 바로 그거야. 새벽예배에 나가서 하나님께 사정을 하는 거야.' 그래서 두 사람은 밤늦게까지 식당 정리를 하고서 잠깐 눈을 붙인 뒤 평상시 잠자리에 들어 있을 시간에 졸립고 무거운 눈을 비비며 새벽에 교회를 향해 달려갔다.

그리고는 인간적인 방법으로만 어떻게 해보려고 했던 생각에 대해 회개하고 모든 것을 주님께 맡기겠다고 선언을 했다. 그리고 망하든지 흥하든지 하나님의 뜻이려니 생각하고 겸허히 받아들이겠다고 아뢰었다.

그렇게 새벽예배를 드리고 돌아온 그 날, 바로 그 첫 날, 거짓말처럼 그들에게 기적이 일어났다. 가게 문을 여는 것과 동시에 손님이 몰려들어 오기 시작하는데, 마치 어디 숨어서 문을 열기만을 기다렸다가 찾아오는 사람들처럼 끊임없이 들어와서는 허겁지겁 식사를 하고 또 빠져나가면 다른 손님이 계속해서 테이블을 채웠다. 심지어는 서서 기다리는 사람도 생길 정도였으니 본인들도 놀라지 않을 수가 없었다고 했다.

'우와 새벽예배 한 번 나갔는데 하나님께서 이렇게 많은 손님을 보내 주시다니….'

그때의 그런 기적은 종업원들도 모두 목격한 사실이라고 한다. 그래서 지금은 예전의 그런 고민(가게를 다른 걸로 바꿔 볼까, 아니면 가게 안에서 담배를 피우게 할까?) 따위를 전혀 할 필요가 없게 되었으며 날로 날로 손님이 계속 늘어간다고 행복한 비명을 지르고 있다.

그러면서 "현수 아빠도 무슨 문제가 있으면 새벽예배에 나가라구, 아니 꼭 문제가 있어야만 나가나? 당장 내일 새벽부터 나가봐"라는 말도 빼놓지 않았다.

그런데 '나'라는 인간은 도대체 새벽하고는 거리가 먼 사람이니 어떡하면 좋은가? 원래 직업상 밤늦게까지 원고를 쓰고 새벽에 동틀 녘이나 되어야 잠자리에 드는 일이 다반사이니 새벽예배를 어떻게 갈 수 있단 말인가? 그런데 만약에 이렇게 글을 쓰는 직업을 가지지 않았다 하더라도 나는 역시 무슨 핑계를 대서라도 새벽예배에는 나가지 않았을 것이다. 잠이 워낙 많으니까.

그 핑계라는 것은 대체로 이런 것들이다. 기도라는 것이 아무 때나 틈나는 대로 하면 되는 것이지 꼭 새벽에 교회에 나가서 엎드려 기도할 필요까지 있느냐는 것이다. 더구나 새벽예배라는 것은 기독교의 본고장이라는 서양에서조차도 없는 것인데, 우리나라에만 자리 잡게 된 한국식 예배 형태일 뿐이지 절대로 교리적으로 강제성을 띤 것은 아니라는 것이다.

그리고 목사님들도 매일 새벽예배에 참석하는 것은 아니지 않는가? 그래서 때로는 전도사를 대신 내보내서 인도하게 하고 목사님은 아직 잠자리에 계시고, 거기에다 새벽예배에 가다가 교통사고를 당해서 반신불수가 된 아주머니도 언제가 병원에서 본 적도 있고… 그래서 난 새벽예배에 안 나갔었다. 단 한 번도. 그런데 요즘 생각해 보니까 그게 아니다. 새벽예배에 참석했다는 출석 도장 하나만으로도 엄청난 복을 받은 증인들이 많지 않은가? 솔직히 이용식 집사의 이야기와 집사람의 언니 얘기를 들어보니까 질투가 나기도 한다. 나라고 왜 복을 받고 싶지 않을까? 나도 하나님의 자녀인데… 나라고 언제까지 죽어라고 원고만 쓰면서 돈을 벌어야 할까? 다른 유명한 작가처럼 베스트셀러 작가가 되어서 돈도 많이 벌고, 이름도 유명해져 여기저기 불려 다니는 유명 인사가 되고 싶은 맘이 왜 없을까?

그렇게만 된다면 지금처럼 밤새도록 원고를 쓰지 않아도 비싼 원고료를 받으며 여유 있게 살아갈 수 있을 텐데… 아내에게 큰소리 치며 외식을 시켜 주고, 아들한테도 폼 나게 비싼 장난감 사주며 넉넉하게 베풀어 줄 수 있을 텐데… 그런 복을 하나님께서 왜 나에겐 내려 주시지 않는 것일까? 하나님께 그런 문제를 갖고 보채지를 않아서 내가 이 정도에 만족하고 있는 것으로 잘못 알고 계시는 것은 아닐까?

'그렇다면 나도 새벽에 교회로 달려가서 하나님께 엎드려 봐야지. 이용식 집사가 맛보았다는 그 새벽 공기의 상쾌함과 처형이 기도해서 얻은 그 복을 동일하게 나에게도 주십사고 하나님께 매달려 봐야지.' 이렇게 맘먹으며 잠자리에 들었다.

혹시 스스로 일어나지 못할지도 모르니까 아예 집안에 있는 알람

시계를 모두 모아서 맞춰 놓기까지 하면서 부산을 떨었다.

그런데도 난 일어나지 못했다.

그놈의 잠? 잠! 잠.

"하나님, 제발 부탁입니다. 저도 하나님께서 기뻐하신다면 힘들지만 작은 정성이라도 내보이고 싶습니다. 그리고 다른 사람에게도 내리는 그 복을 저도 한 번 받아 보고 싶으니까 제발 저 좀 깨워 주세요. 부탁입니다."

요나와 같은 인간

하나님께서는 나에게 참으로 좋은 달란트를 주셨다. 나의 감정이나 생각을 글로 표현할 수 있고, 또 어떤 사건을 보면서 그것을 드라마로 구성해 낼 수 있는 능력을 주셨으니 말이다. 때로는 사람들로부터 부러움을 사기도 하는 이런 달란트를 하나님께서 원하시는 일에 온전히 사용하기를 원하신다는 것을 나는 잘 안다.

하지만 난 가끔 하나님께서 원하시지 않는 글을 쓸 때도 있다. 마치 요나가 니느웨로 가라는 하나님의 명령에도 불구하고 다시스로 갔던 것처럼 말이다. 이번에 겪은 커다란 사건도 하나님의 경고였을지 모른다.

나는 얼마 전에 모 여자 탤런트로부터 출판물에 의한 명예훼손 혐의로 서울지검에 피소된 적이 있었다. 다시 말해서 고소를 당했는데 사건의 내용은 이렇다.

나는 언젠가 그동안 내가 방송 현장에서 겪었던 재미있고 흥미 있는 이야기들만 모아서 한 권의 책으로 냈는데, 그 책을 읽은 어느 주간지 신문사의 데스크가 아주 재미있게 읽었다는 것이다. 그리고 나에게 그것을 매주 연재해 줄 것을 요청해 왔다. 기독교 월간지나 주간지가 아닌 세상 잡지, 이것은 다시 말해서 발행 부수가 몇 천 부에 그치는 것이 아니고 몇 만 부가 인쇄되어 전국을 상대로 배포되는 주간지로서 그 영향력은 교계의 어느 잡지와도 비교될 수 없는 것이었다.

내가 굳이 교계 잡지나 신문과 비교를 하는 이유는 난 이제까지 교계 신문과 잡지에는 연재를 해봤어도 일반 주간지에는 전혀 연재를 해보지 않았기 때문이다. 그러니 단순히 글을 쓰는 사람의 입장에서만 보면 솔직히 무척 탐나는 요청이었다. 더군다나 내가 쓰는 원고의 코너 이름을 '방송작가 김종철의 연예가 뒷이야기' 라는 식으로 내 이름을 포함해서 얼굴을 캐리커처로 처리하여 편집을 한다고 했기 때문에 더더욱 내가 앞 뒤 안 가리고 허락을 했는지도 모르겠다.

더군다나 원고료의 일부를 선불로 지급해 주겠다고 했으며, 원고가 나가지도 않았는데 벌써부터 출판사들이 출판 계약을 하자고 할 정도였으니 나는 솔직히 흥분을 해도 많이 할 수밖에 없었다. 그 주간지가 흥미와 상업성을 위해서라면 어떤 대가도 각오하고 운영하는 옐로우 저널리즘의 대표적인 회사라는 생각은 염두에 두지 않은 채 말이다.

그리고 당시에 나는 '과연 하나님께서 내가 이 일을 하는 것을 원하실까, 아니면 기뻐하시지 않을까?' 라는 문제는 한 번도 생각해 보지 않았다. 이것이 가장 큰 문제였다.

방송가의 뒷얘기를 쓴다는 것이 개운한 일은 아니었지만, 그래도 이왕 시작한 일이니 열심히 하자는 생각에 부지런히 원고를 썼다. 기사가 나가고 나서 독자들의 반응이 좋다는 얘기가 있자 나는 더욱 신났고, 그러면 그럴수록 나의 원고는 더욱 흥미 위주의 방향으로 흘러갔다. 신문사와 독자가 원하는 대로 말이다.

연예인들 중에는 누구누구가 가발을 썼고, 누구누구가 잠버릇이 어떻고, 어떤 사람은 식성이 유별나서 살아 있는 참새를 털도 안 뽑고 그냥 우두둑거리며 씹어 먹는 사람이 있으며, 또 어떤 사람은 어떤 병이 있었는데 어떻게 극복해서 지금은 잘살고 있다는 등 대충 그런 내용들이었다.

그런데 문제는 내가 아는 연예인들의 술버릇에 대해서 원고를 썼을 때 벌어졌다. 어떤 개그맨은 술에 취한 연기로 인기를 얻고 있지만 사실은 전혀 술을 마시지 못한다는 이야기, 어떤 여자 탤런트는 보기에 아주 얌전한 사람 같지만 사실은 술만 마셨다 하면 주절주절 잘 떠든다는 이야기, 그리고 어떤 연기자는 술만 먹으면 장소를 가리지 않고 노래를 불러 댄다는 이야기 등으로 원고를 썼던 것이다.

그리고 정작 본인들이 읽었을 때에도 별로 기분이 나쁘지 않을 정도로 칭찬하는 얘기도 잊지 않았는데 공교롭게도 신문에는 지면이 모자란다는 이유로 원고의 많은 부분이 삭제된 채 연예인들의

나쁜 점만 실리고 좋은 점은 실리지 않았던 것이다. 물론 말도 안
되는 변명에 불과했지만 신문사의 입장에서는 좋은 얘기는 필요
없고 그저 재미있는 얘기만 실으면 그만이라는 무책임한 생각이었
던 것이다.

원고의 제목도 내 의도와는 전혀 상관없이 약간은 저질스럽게 정
해지기도 하고, 원고와 함께 나가는 삽화 역시 어떤 날은 낯이 뜨
거워서 도저히 '제가 쓴 원고입니다' 하고 남에게 보여 주기가 민
망스러울 정도였다. 그러니 문제는 신문사 스스로 불러들인 셈이
라고 볼 수가 있다.

그러던 어느 날 아침. 늘 그래왔던 것처럼 아침에 잠자리에서 일
어나 신문을 들고 화장실에 들어갔다가 내가 고소되었다는 내용의
기사를 신문의 한 귀퉁이에서 발견하고는 소스라치게 놀라지 않을
수 없었다. 원고에서 거론되었던 여자 연기자 중에 한 사람이 정식
으로 변호사를 선임해서 나를 고소했다는 것이다. 순간 난 얼른 신
문을 접어서 아무도 못 읽도록 감추었다. 어차피 가족들이 알아 봐
야 좋을 것도 없었고 또 솔직히 창피했던 것이다.

더군다나 그 당시에는 내가 작품을 쓴 뮤지컬 작품 '데이빗 킹
데이빗'을 임동진 장로의 연출 아래 맹연습 중이었기 때문에 매일
저녁 연예인들과 만날 수 있었지만 그렇다고 그 누구에게 도움을
청할 수도 없는 입장이었다.

"하나님, 이게 도대체 무슨 망신입니까? 그래도 제법 알려진 성
극작가인 제가, 더구나 방송을 통해서 하나님의 귀하신 뜻을 전하
겠다고 마음먹은 제가 고소를 당하다니요. 더군다나 남의 가슴을
아프게 해서 그 사람이 도저히 참을 수 없어 저를 법의 심판대에

세우는 일이 생기다니요. 제가 얼마나 미웠으면 그랬겠습니까. 하나님 도대체 왜 저에게 이런 일이 생기는 겁니까?"

신문을 접어들고 화장실에 쪼그리고 앉아 얼마나 기도를 했는지 모른다. 그리고 한참 뒤에야 이번 일을 통하여 하나의 깨달음을 얻을 수 있었다. 하나님께서는 내가 이런 일 하는 것을 원하지 않으셨던 것이다. 그런데 난 한 번도 하나님께 의논하거나 보고하지도 않았고 또 불안해하지도 않았다. 오히려 내가 잘나서 이런 일까지 할 수 있게 되었다며 우쭐했었고, 하나님 생각은 안중에도 없었던 것이다.

만약에 내게 글 쓰는 재주마저 없었다면 지금쯤 나는 무얼 하고 있었을까? 공부를 잘했던 것도 아니고, 계산에 밝아 사업을 할 타입도 아니고, 그렇다고 해서 말을 잘해 상대방을 감동시킬 만한 재주도 없고… 그런 나를 불쌍히 여기셔서 귀한 달란트를 주시고 또 방송국의 제작 일원으로 보내 주셨는데 난 그런 고마움을 까마득히 잊고 있었던 것이다. 그걸 하나님께서 다시 한 번 강조해 주고 싶으셨던가 보다.

마치 요나와 같이 하나님께서 가라고 일러주신 곳은 가지를 않고, 엉뚱한 길로 가려는 내게 한 번 강한 채찍으로 정신 차리게 하시려고 그러는 것으로 판단이 되었다. 이번 일도 그래서 생긴 일인지 모르겠다고 나름대로 결론을 내렸다.

"하나님의 뜻을 이제 알겠습니다. 제가 잘못했습니다. 다시는 하나님의 달란트를 엉뚱한데 쓰지 않겠습니다. 이제 모두 깨달았으니 어서 빨리 이 문제를 매듭지어 주십시오."

일단은 당사자를 만나 전후좌우를 설명하고 이해시킨 뒤 용서를 구해야겠다는 생각이 들었다. 물론 전부터 잘 알고 있었던 사람이었기에 쉽게 이야기가 잘되어 갔다. 그쪽에서도 내가 미워서라기보다 신문사의 행위가 괘씸해서 고소를 했던 것이라는 이야기까지 해주며 고소를 취하해 주겠다고 했다. 하지만 그쪽에서 선임했던 변호사 비용은 나와 신문사가 함께 부담해 주어야 하지 않겠느냐는 것이었다.

"변호사 선임비라… 그래야겠죠. 그런데 얼마죠?"

"3,500만 원이에요."

"얼마요?"

"좀 비싸죠? 언론사 상대 소송비는 좀 비싸대요."

그 이야기를 듣는 순간 나는 앞이 캄캄해졌다.

3,500만 원이 어디 있다는 말인가? 아무리 신문사와 공동으로 책임질 문제라고는 하지만 그래도 엄청난 액수임에는 틀림없다. 차라리 재판을 받는 게 낫겠다 싶은 맘도 들었다.

다시 한 번 교회의 지하실로 찾아가 하나님께 엎드렸다.

"하나님, 그렇게도 섭섭하셨습니까? 그래도 그렇지 지금 저에게 3,500만 원이 어디 있습니까? 좀 봐 주십시오. 전혀 안 내겠다는 것은 아닙니다. 하지만 좀 깎아 주십시오."

그렇게 기도를 하면서도 나는 돈에 대한 것은 걱정하지를 않았다. 왜냐하면 이 모든 일들이 내게 경고하시기 위한 것이며, 내가 정신을 차릴 수 있을 만큼만 잡아 흔드신다는 것을 믿고 있었기 때문이다.

내가 그 상황에서 문제를 해결하기 위해 뛰어 다니거나 3,500만 원의 돈을 모은다는 것은 별 의미가 없었다. 왜냐하면 그 모든 문제를 하나님께서 해결해 주실 것을 믿고 있었으니까 말이다. 다만 문제는 내가 얼마나 하나님 앞에서 철저히 회개하고 자복하며 새로운 각오를 다짐하느냐에 달려 있는 것이었다.

아마도 아무런 아쉬움 없이 살아왔던 내가 그때만큼 하나님 앞에 엎드려 간절히 기도해 본 적도 없을 것이다. 고기 뱃속에 들어가서 철저히 회개했던 요나와 같이 교회의 지하실에 앉아 회개하고 또 회개하자 얼마 후 정말 하나님께서는 나의 정신 차림을 보시고 모든 문제를 순조롭게 해결해 주셨다.

3,500만 원의 돈에서 단돈 200만 원으로 모든 것이 해결되었으니까 말이다. 나는 모든 문제가 해결되는 한 달의 기간 하나님과 참으로 많은 교제의 시간을 갖게 되었다. 그렇게도 대화하기를 원하셨던 하나님의 바람을 무참히도 외면했던 나는 이런 사건을 당하고 나서야 하나님 앞으로 가까이 나아갔으며 참으로 많은 대화를 나누었다.

얼마 후 또 한 통의 전화가 걸려왔다.

"김종철 씨죠? 여기는 비디오 프로덕션입니다. 이번에 '꽈배기 부인 몸 풀렸네'라는 에로물 비디오를 제작하려는데 시나리오 좀 써 주시죠?"

"죄송합니다. 사람을 잘못 택하셨네요."

나는 더 이상의 대꾸도 하지 않고 수화기를 내려놓으며 중얼거렸다.

"웃기지마 임마, 너희들은 하늘이 무섭지도 않냐?"

당해 본 자만이 그 무서움을 알리니….

TV스타 하늘나라 스타

초판 1쇄 발행일 2005년 12월 30일
초판 2쇄 발행일 2006년 2월 25일

저   자 - 김종철
발행처 - 베드로서원
발행인 - 한 용 석
주   간 - 한 순 진

등록번호 : 제14-66호 · 등록일자 : 1988. 6. 3
서울시 영등포구 양평동4가 281 삼부르네상스한강 1307호
Tel. 02)333-7316 Fax. 333-7317
E-mail : peter050@kornet.net

피터스하우스는 기독교문화 창달을 위해 좋은 책 만들기에 힘쓰고 있습니다.
*파본 및 잘못된 책은 바꾸어 드립니다.

ISBN 89-7419-213-6

값 10,000원

미주사역

PETER' S HOUSE (원장 - 한순진)
13429 1/2 Pumice St. Norwalk, CA 90650
☎ (562)483-1711, (714)350-4211
E-mail : soonjinhan@hotmail.com